우두커니

WWW.HEXAGONBOOK.COM

우두커니
동길산

2012년 9월 1일 초판 1쇄 발행
2013년 11월 15일 초판 2쇄 발행
2021년 10월 13일 개정판 1쇄 발행

지은이 동길산
발행인 조동욱
편집인 조기수
펴낸곳 헥사곤 Hexagon Publishing Co.
등 록 제 2018-000011호 (2010. 7. 13)
주 소 경기도 성남시 분당구 성남대로 51, 270
전 화 070-7743-8000 | 010-3245-0008
팩 스 0303-3444-0089
이메일 joy@hexagonbook.com
웹사이트 www.hexagonbook.com

ISBN 979-11-89688-63-9 03810

동길산 산문집

우두커니

헥사곤

차례

그림_ 노충현

우두커니

10_우두커니

나무를 밀면서
나무에 밀리면서

 그새 10년이 지났다. 모두 30년. 산골에서 산 햇수는 30년이지만 30년을 온전히 살진 않았다. 처음 10년은 한 달 내내 살았고 다음 10년은 산골과 도시를 오가며 보름씩 지냈으며 지금은 한 달에 열흘 남짓 산골에서 보낸다.

 마당 감나무를 부둥켜안고 민다.
 미는 건 난데
 밀리는 건 매번 나다.
 나무를 밀면서
 나무에 밀리면서
 그렇게 보낸 산골생활 30년.

 나와 함께해 준 나무가 고맙고
 나를 품어 준 산골의 낮과 밤이 고맙다.

 2021년 가을
 동길산

12_우두커니

멀고도 가까운

우두커니 바라본 고성 산골 어실마을 들판과 호수와 산과 하늘.
우두커니 바라본 마을 분들 아침과 낮과 저녁과 새벽.
그리고 어쩌면 아무 생각 없이 우두커니 살아온 산골생활 20년.

20년 하루하루를 입술 오므려 후후 분다. 낙엽 쌓이듯 겹치고 겹
친 하루하루가 날리고 삭거나 삭아가는 기억들이 날린다.

잘 가거라 20년아!
잘 있거라 20년아!

이 산문집은 물고기가 사는 산골 마을 어실魚室에서 보낸 20년
자화상이다. 때로는 덥수룩하고 때로는 말끔한. 오래되어서 멀기
도 하고 지금 여기라서 가깝기도 한.

2012년 초가을
동길산

즐거운 비밀

3월 중순 고성읍 오일장에서 어린나무 아홉 그루를 샀다. 백매화 홍매화 백목련 자목련 앵두 홍도 살구 해당화 그리고 석류. 모두 꽃이 좋다는 나무다. 꽃나무 심기는 겨우내 벼르던 일이었다.

열 달 남짓 부산 생활을 청산한 게 작년 늦가을. 경남 고성으로 낙향 아닌 낙향을 했다. 5년 전 사 두었던 촌집으로 돌아왔다. 집은 엉망이었다. 주말 틈틈이 들러 손을 보았지만 한두 달 안 오는 사이 쑥대밭이 되었다. 기우뚱 넘어진 대나무가 대밭에서 지붕으로 걸쳐졌고 잡초 웃자란 마당은 염소똥 천지였다.

며칠 지나서야 사람 사는 집 모양을 갖추었다. 망치질이며 낫질이 어설퍼 애를 먹었다. 말 타면 경마 잡히고 싶다고, 이번엔 번번한 꽃나무 한 그루 심지 않은 마당가며 무관심이 눈에 밟혔다. 봄이 오면 나무를 심자! 꽃이 가득한 '내 집'은 도시 생활에 지친 사람이라면 품어볼 만한 소망이지 않은가.

고성 장날은 1일과 6일. 장을 돌며 나무를 들여다보는 일은 즐거웠다. 시에서 노래에서 이름을 들어봤던 나무들! 두서너 그루만 심으려던 게 이 나무 저 나무 그만 한아름이나 사고 말았다. 갖고 다니던 수성펜으로 각각의 밑동에 이름을 적으면서.

문제는 버스에서 내리고 나서 벌어졌다. 둑길을 거쳐 집으로 걸어오는 10여 분 소나기가 퍼부으면서 사람도 나무도 물에 빠졌다 나온 꼴이 되었다. 처마 아래 축담에 나무를 풀어 살피니 살구만 흐릿하게 글자가 보였다.

나머지는 빗물에 지워져 알아보기 힘들었다. 차차 알게 되겠지 싶어 적당한 자리에 심은 지 이제 5개월째. 몇 그루는 잘못 키워 고사하고 몇은 이웃 도움으로 제 이름을 찾았다.

하지만 꽃을 피워야 이름을 알게 될 나무가 있다. 줄기가 발갛고 쭉쭉 뻗어 준수하게 생긴 게 꽤 기대된다. 새잎 나오기 바쁘게 옆집 새끼 염소가 뜯어 먹어 속상하지만 즐거운 비밀이 생긴 셈이다.

전방주시

경남 고성에서 가장 외진 산촌으로 흔히들 종생마을을 꼽는다. 우는 아이에게 거기 보낸다고 으르면 뚝 그친다는 두메산골이다. 종생과 저수지를 사이에 두고 열 집 안 되는 산골이 있다. 내가 사는 어실마을이다.

종생과 어실은 외져서 고성의 삼수갑산이라 할 만하다. 어실은 종생보다 깡촌이다. 종생은 사람 소리가 제법 들리지만 어실은 삼대가 사는 옆집을 빼곤 열 명이 될까 말까다.

사정이 그러니 가물에 콩 나듯 차를 구경한다. 하루 두 번 다니는 읍내 버스가 그나마 위안이다. 버스를 타고 학교도 가고 산에서 캔 나물을 장날 내다판다. 급할 때는 택시를 부른다. 택시를 부르면 왕복요금을 치른다.

자가용 없는 산골생활. 땔감을 장만하고 재래식 물웅덩이 변소를 치는 따위 불편은 차차 적응했지만 차가 없어 겪는 불편은 컸다. 갓 전입한 새내기로서 이웃에 도움이 되고 싶다는 마음도 따랐다.

이사 온 다음 해 마침내 차를 샀다. 부산에서 벼룩신문을 뒤져 봉고 12인승 중고차를 50만 원에 샀다. 면허를 딴 지 한 달 만이고 도로연수는 받지 않았다. 지금은 통영으로 부르는 충무에서 이전등록 절차를 마치자 "이제부터 당신이 주인"이라는 말을 남기고 차주는 부산행 버스를 타고 떠나고 나와 봉고만 덜렁 남았다.

충무에서 고성까지는 20km 왕복 4차선 국도. 처음 잡는 봉고

핸들이 영 켕겼지만 어쩔 수 없는 노릇이었다. 비상등을 깜박이며 시속 50으로 달렸다. 훔쳐 들은 대로 주위의 따가운 시선을 애써 외면하며 전방만 주시한 채.

무사히 읍내로 진입했다. 속력을 늦추고 비로소 백미러를 살피니 이게 웬 일. 마치 소독차처럼 연기를 내뿜었다. 사이드 기어를 정지에 두고 달린 탓이었다. 수리비 견적을 받으니 차보다 비싼 70만 원. 수리하는 대신 바로 폐차했다.

전방만 주시한 게 화근이었다. 주위 시선은 아랑곳없이 앞만 보고 내달린 게 회복 불능의 함정이었다. 사람 사는 게 으레 그렇지 않겠나마는.

비가 내는 소리

밤새 비가 내렸다. 날 샐 무렵에 잠시 그쳤다간 오전 내내 또 내린다. 집 앞 저수지 수면은 점과 점으로 점점이 그린 풍경화다. 빗방울은 봉선화 이파리 맨 끄트머리 머물다 낙하한다. 꽃인 양 톡톡 떨어진다.

소리가 귀한 산골에서 비는 그냥 반갑다. 비는 소리를 동반한다. 골바람과 부딪치는 소리. 양철지붕을 두들기는 소리. 비 온다고 연이어 질러대는 개구리 소리. 도랑을 훑고 흘러가는 물소리.

지난밤에는 전기가 몇 차례 나갔다. 정전되면서 비발디도 레널드 코헨도 마을 보안등처럼 꺼졌다. 오직 자연에서 나는 소리뿐. 그 소리는 나를 불면으로 몰아가는 소리였다.

나는 비가 만들어 내는 내 주변 소리 중에서 물도랑에서 나는 소리를 좋아한다. 그 소리는 산만하지 않다. 사람 마음을 파고드는 호소력이 있다. 가늘면서 울림이 깊다. 그 소리에 젖으면 밤이 짧다.

다음으론 양철지붕 소리를 좋아한다. 참새가 지붕에서 이리 튀

고 저리 뛰는 소리. 경쾌하다. 하지만 경박하게도 들린다. 물도
랑 소리 들으며 달아나던 잡념이 참새 소리에 놀라 뒤돌아본다.
그러곤 귀를 곤두세운다. 잡념이 다시 모여들고 나는 환속한다.
  밤새 비가 내렸고 지금은 호우로 바뀌어 내린다. 도랑물 흘러가
는 소리와 양철지붕 두들기는 소리가 내는 화음이 연습을 많이
한 솜씨. 겹치는가 하면 떨어지고 떨어지는가 하면 겹친다. 절
묘하다. 비가 내는 소리가 굵어진다.

안테나 돌리기

어실마을은 TV 수신료가 나오지 않는 난청 지역이다. 유선회사에 선을 깔아 달라고 해도 설치비 많이 든다고 차일피일 미루는 산골이다. 그래서 집마다 마당이나 지붕에 구닥다리 안테나를 세운다. 올해 들어 두 집이 스카이라이프를 달았지만 나머진 TV 시청을 여전히 안테나에 의존한다. 화면이 흐리고 채널 수가 몇 되지 않아도 돈이 들지 않으니 안테나를 선호한다.

나도 마찬가지다. 돈도 돈이지만 TV를 보는 시간이 짧은 편이라 위성을 다는 대신 안테나를 쓴다. 화면이 흐려 그나마 볼 수 있는 채널은 둘뿐이다. 안테나 방향에 따라 KBS가 나오거나 MBC가 나온다. 보고 싶은 프로에 따라서 안테나 방향을 바꾼다. 박찬호 야구 하는 날은 MBC가 나오는 방향 식으로.

좀 귀찮아도 몸에 익어 들어 그런대로 해낼 만은 하다. 하지만 가끔 난감한 일이 생긴다. 산골이니 골바람이 세차게 부는 날이 잦고 바람 방향에 따라 안테나가 제멋대로 돌아가는 탓이다. 그나마 볼 수 있던 화면이 흑백으로 바뀌는가 싶다가는 지지직이다. 마저 봐야 할 프로라면 밖에 나가 안테나를 원래 방향으로 돌리지만 바람이 세찬 날은 전파 방향도 바뀌는지 깨끗한 화면을 잡아내기가 어렵다.

그런 날은 똑같은 동작을 두세 번 되풀이한다. 안테나를 돌리고선 방에 들어와 화면을 확인하고 이내 나가선 안테나를 조금 더 돌리고 그러고는 다시 들어와 확인한다. 바람만 부는 날은 또 괜찮다. 비까지 오는 날엔 흠뻑 젖기 예사다. 상상해 보라. 손전등 들고 빗줄기 사이를 잰걸음으로 들락거리는 장면을. 전등 불빛에 비치는, 몽달귀신이 나오지 싶은 산골 야밤 풍경을.

그렇게 해서 어렵사리 잡아낸 화면은 나를 뿌듯하게 한다. 비록 유선이나 스카이라이프처럼 선명하지 않더라도 품을 팔아서 잡은 화면이기에 눈을 동그랗게 뜨고 보게 한다. 그렇고 그런 내용으로 끝날지라도, 짜증만 돋운 뉴스일지라도 행간에 곡절이 담겼지 싶고 장면이 바뀌는 그 짧은 찰나에 숨은 그림이 보이지 싶다.

지금은 바람 불고 게다가 비까지 오는 겨울밤. TV를 켜면 화면이 어떨지 걱정된다. 마당에 나가 안테나를 돌리는 일이 일어나지 않으면 좋겠다. 품을 팔더라도 한두 번으로 괜찮은 화면을 잡으면 좋겠다. 품을 그 몇 배로 팔더라도 따뜻한 내용으로 화면이 채워지면 좋겠다. 바람이야 불든 말든 비야 오든 말든 마음만은 훈훈하게 데우는 세상과 나의, 그대들과 나의 통로이면 좋겠다.

어머니와 문화면

작년 고희를 맞으신 어머니는 본관이 양성 이씨로 함자는 선자 규자를 쓰신다. 나이 사십에 망부했으니 삼십 년을 과부로 사신 셈이다. 직장 다니는 누님 빼고 한창땐 다섯이나 되던 새벽 도시락 임자들은 그사이 뿔뿔이 흩어져 큰형네만 고향 부산에 산다.

고향은 사실 부산이 아니다. 선친 고향이 함남 북청이라 자식들 고향도 엄밀히 따지면 거기다. 하지만 우리 나이에 이북이 고향이라고 하기가 뭐 해서 부산을 고향으로 여긴다.

큰형네만 가까이 사니 어머니는 외로움을 적잖게 타신다. 명절이나 기일 맞춰서 집에 가면 그러잖아도 거동 불편한 어른이 외로워하는 모습이 안쓰럽다. 손등 주름살은 전보다 굵어 보인다.

수인사가 끝나면 기다렸다는 듯 꼬깃꼬깃 접은 신문지를 꺼내신다. 거기엔 막내아들 내 이름 석 자가 어김없이 나온다. 때로는 시 한 편이 온전하게, 때로는 아무개 아무개 시인 중 한 명 정도로. 도수가 높은 돋보기로 구독신문 문화면을 두 번 세 번 훑은 결실이다.

신문에서 막내아들 이름을 찾은 날은 얼마나 기쁘실까. 그러나 찾은 날보단 찾지 못한 날이 훨씬 많음을 익히 아는 나로선 송구스럽다. 자식이 오죽 못났으면 그따위로 낙을 삼으실까 싶어서 바늘방석이다. 귀염과 기대를 더러 받으면서 자랐기에 막심한 불효가 죄스러울 따름이다.

　문화면을 먼저 펼치는 노구의, 노안의 기대는 얼마나 크랴. 내 이름 석 자가 보이지 않으면 빠뜨리고 읽었나 싶어서 다시 훑어 보시리라. 끝내 이름을 찾지 못한 날의 낙담도 이만저만 크시지 않으리라.

　어머니가 자주 쓰시던 붓글씨 한 구절을 여기 옮겨 적으며 그 동안 낙담을 한푼이라도 덜어드리고 싶다. '만경창파에서 절망하는 조각배야 언제나 희망이 곁에 있게 하여라.'

대리만족

　내가 사는 마을 맞은편 마을 종생은 씨 종 날 생을 쓴다. 세상이 아무리 가물어도 종자가 마르지 않는 마을이란 게 동네 어른들 뜻풀이다. 내가 사는 어실은 고기 어鱼 집 실室, 물고기집쯤 된다.

　종생과 어실. 지명에 물이 넘친다. 실제로 물이 넘친다. 방문을 열면 저쪽 끝이 안 보이는 저수지가 펼쳐진다. 산골짝에 저리 너른 저수지가! 탄사가 절로 나온다.

　저수지를 에워싼 산에는 물길이 나 있다. 에워싼 산이 넷이라서 산과 산 사이 물길은 셋이다. 집에서 가까운 물길은 숲에 가려 보이지 않지만 늘 배꼽 높이 수면을 유지한다. 자기가 폭포라도 되는 양 간간이 물방울 드날리기도 한다.

　숲에 가린 만큼 숲 그늘은 짙고 넓다. 피서하기에 안성맞춤이다. 지난여름도 그 물길 그 그늘은 썩 괜찮은 피서지가 되었다. 친구들은 주인이 있는지 없는지 묻지도 않고 찾아와 내 집에 짐을 풀곤 거기서 놀았다. 멱을 감으면서 피라미며 다슬기를 잡았다.

　숲에 가려 남들은 보지 못하니 마음이 편했을까. 부부동반인데도 아랑곳하지 않고 남자들은 팬티차림으로 물에 들어가고 여자들은 입은 옷 그대로 들어간다. PC가 없는 집이라고 실망하던 아이들은 어른보다 잘 논다.

　어느 친구는 한 일 년쯤 이렇게 살았으면 싶단다. 밀짚모자 눌러쓰고 낚시나 하면서, 꽃 피고 꽃 지는 자연을 가까이 접하면서, 맨몸 그대로 멱이나 감으면서 살고 싶단다.

그러나 마음뿐이다. 당장에 자식 공부 걱정이 앞서고 이런 땡촌에서 무얼 해서 먹고사랴. 남해고속도로 체증을 걱정하며 자칫 달아나려는 마음 끄트머리 추슬러 떠날 채비를 서두른다. 내 사는 모습으로 그나마 대리만족하며.

덕택에 나는 친구 부인들 사이에서 기피 인물이 된다. 사회생활 열심히 하는 지아비 마음을 나약하게 한다는 죄목으로. 대리만족이 되었다가 기피 인물이 되었다가 여름이 지나간다. 이곳에 온 지 나도 모르는 새 5년을 훌쩍 넘긴 여름이 지나간다.

백 원짜리 레코드

자정이 가까운 시간, 마리오란자가 부른 축배의 노래를 듣는다. 아세아 레코드사에서 1970년 4월 제작한 LP다. 몇 곡 뒤에는 마리아칼라스가 부른 어떤 개인 날.

한 친구는 내가 사는 촌집을 찾아올 때마다 이 판을 찾는다. 중하시절 형들과 함께 듣던 바로 그 판이란다. 바늘이 얹히는 순간부터 친구는 감개무량한 표정을 짓는다. 오래된 이 레코드는 그러나 내 손에 들어온 지는 얼마 되지 않는다.

그날은 공휴일이었다. 나는 부산에 있었고 달리 약속도 없어 범천동 중앙시장을 어슬렁대며 기웃거렸다. 시장 구경은 내가 가진 몇 안 되는 취미 중 하나다. 중고 전자상가에 이르러 50여 장 낡은 레코드 더미가 보였다. 장당 5백 원. 뒤적이며 고르노라니 창고에 가득 있다고 주인이 귀띔한다.

중고 전자부품에 섞여 과연 1,000장가량 판이 쌓여 있었다. 낱낱을 뒤적이기도 번거롭고 언뜻 괜찮을 성싶은 판도 보여 모두 10만 원에 하자 구슬렸고 어렵사리 성사되었다.

소위 '빽판'이 대부분이지만 음질이 양호하고 추억의 팝송을 듣는 맛이 달다. 클래식도 한 1백 장 되고 김월하 시조집에 조애랑 춘향전, 이미자, 이장희, 장현 등등 재킷만으로도 나는 아련해진다.

돈으로 환산하면 1,000장 10만 원이니 장당 1백 원에 불과한 판들. 그러나 이 판들이 갖는 가치는 무어랄까, 불을 끄고 누우면 내 촌집 방충망에 달라붙는 반딧불이다.

반딧불이는 뜻밖의 감격이다. 적막강산일수록 눈에 쏙 들어오는 형광 반딧불이. 여기저기 어디랄 데 없이 오염되었어도 이 세상 어딘가는 반짝이니 희망의 끈을 쉬 놓지 말라고 반딧불이는 다독인다. 기대를 버리지 말라고 토닥인다.

먼지를 닦고 턴테이블에 올리며 그리하여 나는 매번 기대한다. 잡음이 적길. 들어본 곡이길 또는 전혀 모르는 곡이길. 날아가는 동선이 선명한 반딧불이처럼 들리는 선율이 선명한 명반이길.

촌집 애환

퇴직금으로 경남 고성 산골에 3백 평 촌집을 샀다. 5년 전 일이다. 직장생활은 진저리가 나고 그렇다고 장사를 할 밑천도 마음 여유도 없었다. 퇴직금은 술값으로 여행경비로 하루하루 축나고 가진 돈이 축나는 만큼 도시 생활에 대한 미련도 덩달아 줄었다. 그러다 우연한 기회에 촌집을 샀다.

말이 집이지 당시는 썰렁한 폐가였다. 별채는 한쪽 벽을 허물어 이웃집에서 곳간으로 썼고 그나마 온전한 본채는 온통 흙먼지였다. 전기도 끊긴 상태였다.

외형은 문제가 아니었다. 사람 사는 집 모습은 동네 목수에게 부탁해 그럭저럭 갖추었다. 문제는 시골 생활을 한 적이 전혀 없다는 사실이었다. 부산에서 나고 자란 탓에 낫질은커녕 장작불도 어설프게 지폈다. 오죽했으면 장작에 석유를 들이부어 불을 붙였을까.

문제는 이게 다가 아니었다. 하루 두 번 다니는 버스 시간에 나를 맞추는 것도 문제였고 젊은 사람이 이런 골짝에 뭐 하러 들어왔냐는 동네 어른 질시랄지 이목도 내가 풀어나가야 할 문제였다. 하루하루 편할 듯 보여도 하루하루 문제투성이인 게 산골생활이고 전원생활이었다.

　어느 정도 적응이 되자 무료도 달랠 겸 책꽂이를 만들었다. 장정 엄지크기 대못을 널빤지 네 귀퉁이에 박고 거기 책 높이로 잘라낸 대나무를 꽂아 기둥으로 삼았다. 운치가 있었다. 그러나 설익은 솜씨 탓에 대 기둥은 높이가 제각기 달랐고 힘이 한쪽으로 쏠려 무너진 적도 여러 번이었다. 지금은 벽돌로 기둥을 세웠지만 여전히 불안하다.

　불편하고 불안한 산골생활이지만 즐거움은 왜 없겠는가. 별은 몇인지 감히 헤아릴 엄두가 나지 않는다. 저래서 반짝인다고 하는구나 싶은 큼지막한 별들이 손을 뻗으면 닿을 거리에서 나를 내리누른다.

　무지개도 자주 뜬다. 쌍무지개 뜨는 날은 마음의 손가락에 쌍가락지를 낀 기분이다. 이사 와서 며칠 지난 한밤, 날개를 쫙 펴고 방문에 달라붙던 박쥐는 태어나 처음 본 박쥐였다. 자신을 낮추면서 바닥을 적시는 빗줄기를 바라보면 누구라도 시
한 편 속으로 읊조리는 음유시인이 된다.

　지금은 늦은 밤. 귀뚜라미가 마루에 올라온다. 통통 튀다간 방충망이 처진 문틀을 대하곤 멈칫한다. 그러곤 나를 응시한다. 나도 동작을 멈추고 귀뚜라미를 응시한다. 귀뚜라미도 나도 상대 다음 동작이 궁금해서다. 방충망을 사이에 두고 산골의 밤이 곤두선다.

30_우두커니

임도를 걷다

갈림길이다. 어느 길로 갈까. 산길로 갈까, 임도로 갈까. 어느 길이든 일장일단이 있다. 산길은 오르막이 가파르지만 지름길이고 임도는 완만한 대신 구불구불 돌아가야 한다. 오늘은 봄꽃을 보며 느긋하게 걷고 싶다. 임도로 간다.

임도는 산을 가로질러 낸 길. 산불을 차단하려고 내기도 하고 송전탑을 세우면서 공사 차량과 인부가 다니게 하려고 내기도 한다. 내가 사는 경남 고성 산골 마을이 내려다보이는 임도는 송전탑을 세우면서 낸 길. 탑을 세운 지 10년이 넘어 지금은 차도 사람도 드물게 다니는 길 아닌 길이다.

임도와 산길이 만나는 데까지 걷는다. 걸리는 시간은 왕복 세 시간 남짓. 임도를 걸으며 보는 풍경은 아침저녁으로 다르다. 맺힌 데는 다 다를지라도 모양은 하나인 이슬방울에 나를 비추는 아침나절이고 하루를 보내고 지기 직전 가장 붉어지는 석양에 옷깃을 여미는 저녁나절이다.

풍경은 철에 따라 또 다르다. 반딧불이가 모닥불 불티처럼 날아다니는 여름. 단풍 드는 나무들 이파리가 제 몸 물기를 쥐어짜서 가벼워지는 가을. 해가 들지 않는 응달일수록 굵고 여문 고드름이 맺히는 겨울. 그리고 꽃이 나를 깨물어 꽃 몸살 앓는 이즈음 봄.

몸살 앓게 하는 저 봄꽃을 무어라 부르랴. 누구는 벚꽃이라 부르고 누구는 목련이라 부르리. 누구는 바람결에 날려간 꽃잎 같던 날들이라 부르고 누구는 하얀 꽃잎 같던 사람이라 부르리. 몸

살이 나서 꽃잎 깔아 드러눕고 싶은 봄. 누구는 봄이 어서 가라 그
러고 누구는 더디 가라 그러리.

　　봄날 기우는 해가
　　따가우면 얼마나 따갑겠느냐
　　해를 정면으로 받으며 걷는 길
　　산불이 나면
　　불은 이쯤에서 끊기리
　　봄꽃이 나면
　　꽃은 이쯤에서 끊기리
　　해는 기울건만
　　나이는 기울건만
　　산불 나는 마음이여
　　봄꽃 나는 마음이여
　　그 마음 끊기지 않아
　　숲과 숲 사이에 난 길 임도
　　갈 데까지 갔다가 돌아오는
　　해 기우는 봄날
　　<임도>

　임도는 산불이 끊기는 길. 산 아래 먼저 피어서 산 위로 번지
는 봄꽃이 끊기는 길이기도 하다. 나도 어쩌지 못하는 내 마음속
산불, 내 마음속 봄꽃. 그 불을 끊으려고 그 꽃을 끊으려고 나는
이 봄날 임도를 걷는가. 모퉁이를 돌면 또 모퉁이. 참 구불구불
한 임도다.

봄나물 한 소쿠리

　바람이 따뜻하다. 훈풍이고 춘풍이다. 바람이 따뜻하니 눈에 보이는 사물도 따뜻해 보이고 사물을 보는 사람도 따뜻해 보인다. 사람들 표정이 따뜻해 보이고 눈빛이 따뜻해 보인다.

　사람이 아니라고 다를까. 꽃망울을 내민 매화도 따뜻해 보인다. 매화는 바람이 따뜻하다는 걸 알아서 일찌감치 꽃망울을 내민다. 이제는 개나리도 그걸 알아서 정감 넘치는 꽃을 내민다. 쑥이며 냉이며 달래도 꽃을 내밀고 꽃보다 진한 향기를 내민다.

　향기는, 알아보는 사람이 알아보고 맡아본 사람이 맡아본다. 이맘때면 들판에 들길에 붙어서 쑥이며 냉이며 달래며 향기를 캐는 사람들. 향기를 알아보는 사람이고 향기를 맡아본 사람이다. 향기가 몸에 밴 사람이다. 그들과 나란히 붙어서 봄나물을 캐는 척 숨을 흠흠흠 들이켜 보라. 사람에게서 나는 꽃보다 진한 향기를 들이켜 보라.

　향기를 캐는 사람은 열에 아홉이 아낙. 처녀는 얼굴이 탄다고 꺼리고 남정네는 동작이 불편타고 꺼린다. 아낙이라고 얼굴 타는 게 아무렇지 않고 몸놀림이 편할까. 삶의 향기가 몸에 밴 아낙이기에 가능한 일이다. 향기를 캐느라 구부린 등이 세상 어느 곡선보다 따뜻해 보이고 부드러워 보인다.

세상의 모든 어머니가 차리는 밥상은 따뜻하고 부드럽다. 등을 구부려 차린 밥상인 까닭이다. 나이가 들면서 종종 생각나는게 어머니가 차리던 밥상. 소문난 맛집을 다녀도 그때 그 맛은 만나기 어렵다. 어머니가 등 구부려 차린 밥상이여. 봄나물 향기 그윽한 토장국이여.

나는 잠이 많다. 봄에는 더 많다. 춘곤증이다. 라디오에서 들은 얘긴데 춘곤증에는 뿌리째 먹는 채소가 좋다. 언 땅에서 잔뿌리가 굵었을 봄나물이 그렇다. 냉이며 달래 등등이다. 산에 들에 그냥 나는 채소라도 그냥 나는 건 하나도 없음을 봄나물이 일러준다. 나는 건 다 그럴 만한 이유가 있다는 걸 이 봄날이 일러준다.

잠이 많다는 건 꿈이 많다는 얘기기도 하다. 춘곤증이란 말이 있는 걸 보면 봄이 되면 나만 잠이 많아지는 게 아니라 남도 그렇단 얘기다. 봄엔 누구나 꿈이 많아진다. 봄날 꾸는 꿈엔 누구나 새순이 돋아나리. 새싹 파릇파릇 틔우리. 지금은 밋밋한 나무도 꿈이 가진 생명력으로 잎을 불러모으고 꽃을 불러모은다. 가진 게 밋밋하다 자책으로 막막한 그대. 주저앉으려는 그대. 그대인들 잎을 불러모으고 꽃을 불러모으는 봄날이 왜 없겠는가.

올봄은 비가 잦다. 입춘 지나고 며칠을 달아서 비가 내리더니 경칩 지나서도 짬짬이 비가 오고 내일모레도 비가 온다는 예보다. 덕택에 땅은 촉촉하다. 땅을 밟는 감촉도 촉촉하고 감촉이 마음에 전해져 마음마저 촉촉하다. 봄을 타는 게 남잔지 여잔지 헷갈리지만 남자래도 좋고 여자래도 좋다. 마음이 촉촉해져 봄을 타는 것도 삶의 한때. 봄바람을 감당하지 못해 나부끼는 것도 한때.

이참에 나도 봄을 타자. 봄바람에 나부끼자. 지나간 사람을 생각하고 지나간 날을 생각한다. 주기만 했던 사람이 있고 받기만 했던 사람이 있다. 끝을 예감하고 끝난 사람이 있고 끝을 예감하지 못하고 끝난 사람이 있다. 사람으로 하여 기뻐서 터지던 날들. 사람으로 하여 가슴이 미어지던 날들. 이젠 다 지나간 사람이고 지나간 날이다.

지나간 사람이고 지나간 날이라곤 해도 아쉬운 건 있다. 잘해 주지 못한 게 아쉽고 잘해 줬더라도 더 잘해 주지 못한 게 아쉽다. 매순간 충실하지 못한 게 아쉽고 충실했더라도 더 충실하지 못한 게 아쉽다. 아쉬워하면서 나를 돌아보는 이 봄날. 지나간 사람 지나간 날은 그렇다고 치고 지금 가까이 있는 사람에게 잘해 주고 지금 여기에 충실하자는 생각의 뿌리가 굵어지는 이 봄날. 봄나물을 담은 소쿠리가 한 소쿠리 가득이다.

제비집

제비집은 처마 안쪽에 있다. 감나무 새순이 막 돋는 사월 중순 제비는 집을 지었다. 집 짓기에 앞서 제비는 사전답사를 하는 듯했다. 집을 중심으로 원을 크게 그리며 몇 차례 날아다녔고 처마에 달라붙어 집 내부를 기웃거렸다. 살아도 될 만한 집인지 제비 나름대로 따져본 셈이리라.

답사가 끝나자 마침내 집 짓기에 들어갔다. 딴 데서 집을 지어봤는지 타고난 재능인지 요령이 있었다. 첫 작업은 부리로 처마 문지르기. 사포로 문지르듯 부리로 처마를 문질러 접착력을 높이는 솜씨는 일류목수 저리 가라였다. 처마 문지르기가 끝나자 논바닥 같은 데서 젖은 흙과 지푸라기를 물고 와서 한 겹씩 테를 둘러나갔다.

집은 보름 이쪽저쪽에 지어졌다. 아주 적은 양의 흙과 지푸라기가 집 짓는 도중 마루에 떨어졌을 뿐 집은 견고하면서 선이 고왔다. 집을 다 짓자 이번에는 새털을 물고 와서 둥지 바닥에 깔았다. 털갈이하면서 날린 털이나 잡아먹히면서 남겨진 털을 깊은 산 넓은 들판을 뒤져서 물고 왔으리라. 그러고도 십여 일 줄기차게 들락날락하더니 알을 까면서 둥지에서 보내는 시간이 길어졌다.

알은 통틀어 넷. 땅콩보다 약간 굵었다. 알을 한데 모아 체온으로 데우느라 둥지에서 지내는 시간이 길어졌다. 알이 어느 정도 따뜻해지면 발바닥으로 알을 굴려 배에 닿는 부위를 바꾸곤 다시 품기를 반복했다. 알을 품는 데는 암수가 따로 없었다. 나간 제비가 돌아오면 알을 품던 제비가 나가는 식으로 번갈아 가며 알을 돌봤다.

그러기를 보름쯤. 마침내 알을 깨고 새끼가 나왔다. 부화를 알아챈 건 새끼들 우는 소리를 듣고서가 아니라 마룻바닥에 나뒹구는 알껍질 부스러기를 보고 나서다. 쪼개져 날카롭게 된 껍질이 새끼 여린 살갗을 다치게 할까 봐 어른 제비가 둥지 밖으로 밀어낸 것이다.

눈도 제대로 뜨지 못하는 새끼들이 쩍쩍 울어댄다. 어른 제비가 물고 온 먹이를 자기 먼저 달라고 보채는 소리다. 좀 전에 받아먹은 놈이 또 넙적 받아먹는다. 받아먹을 먹이가 없단 걸 아는지 보채는 소리가 일순 잠잠해진다. 새끼들을 굽어보는 제비 눈길이 그윽하다.

경칩과 대밭

산골생활을 하니 날짜에 무디다. 달력 볼 일이 그다지 없으니 며칠인지 모르고 지낸다. 특별한 날이나 닷새 만에 돌아오는 장날을 챙기는 정도다. 그래도 날짜를 까먹어 난처한 경우는 드물다. 누구누구 댁 누구누구 혼사가 있으면 전세버스 인원도 맞출 겸 사발통문이 돌고 공과금은 때맞춰 통장에서 자동이체 된다.

요일도 그렇다. 도회지 사는 동료가 닥치면 주말 언저리로 알 뿐 요일을 몰라서 겪는 애로는 덜하다. 땅을 파먹고 사는 산골에서는 월화수목 요일보다는 봄과 여름과 가을과 겨울이, 그리고 요일이나 계절보다는 절기가 오히려 익숙하다. 입춘 다음엔 우수고 우수가 지나면 개구리 뱀이 겨울잠에서 깬다는 경칩. 지금 하는 대나무 솎는 작업은 경칩께 마무리할 요량이다. 소한 대한 추위가 누그러질 무렵부터 벌인 일이다.

산사태 방지와 방풍을 겸한 뒤란 대밭은 대가 곧고 청청해 보기 좋았다. 생면부지 산골 촌집을 선뜻 산 동기도 내심 대밭에 끌렸던 까닭이다. 그러한 대밭이 지난여름 사람이 들어서지 못할 정도로 잔대가 빼곡히 자랐다. 급기야는 잔대에 자양분을 앗긴 왕대가 누렇게 말랐다.

작년 이맘때 장대를 팔았는데 그게 화근이었다. 시골 마을을 찾아다니며 대를 사 가는 사람 눈에 내 집 대밭이 뜨였던 모양이다. 대밭이 듬성해야 대가 더 굵어진다는 말은 골백번 들어도 맞는 말이었고 게다가 값을 후하게 쳐준다는 말이 솔깃하게 들렸다. 그래서 대를 팔았는데 거기서 일이 꼬였다.

대 장수 둘은 이틀에 걸쳐 대밭 대나무를 베었다. 가지를 훑어내는 손놀림이 날렵했다. 훑을수록 대밭에 재이는 댓가지가 엄청났다. 켜켜이 재인 가지를 왕대가 뚫지 못해 왕대 대신 잔대가 올라왔고 있던 왕대마저 말라갔다. 댓가지를 진작 치워야 했지만 소한 대한 한겨울로 미룬 까닭은 대밭에 도사릴지도 모를 독사가 두려웠던 탓이다.

경칩께 마무리하려는 것도 비슷한 맥락이다. 뱀이 깨어난다는 경칩 전에 일을 마쳐야 독사와 맞닥뜨리지 않겠지 싶어서이다. 누구누구가 발등을 물렸다더라 그래서 어쨌다더라, 하는 흉흉한 풍문은 매양 확인할 수 없는 뜬소문이라 할지라도 산골에선 묵살하지 못할 무게감을 지닌다.

톱으로 잔대와 죽은 대를 베고 바닥에 재인 가지를 쇠스랑으로 긁어모으기 한 달 남짓. 힘들긴 하지만 절기를 나누어 자연과 사귀고 때로는 순응하라 가르치는 산골 맛이 깊다. 이제 곧 경칩이다.

화개작야우

화개작야우花開昨夜雨 화락금조풍花落今朝風. '간밤에 비 맞고 꽃이 피더니 오늘 아침 바람으로 꽃이 지다.' 중학교 한문시간에 배운 시다. 연습장에 베껴 쓰길 수십 번. 심중에 베껴 쓰길 수백 번. 당시 살던 곳은 범어사 아랫동네인 팔송. 인근 공원묘지를 쏘다니면서 무덤 하나에 화 무덤 하나에 개, 그렇게 나는 삶의 비의를 일찌감치 훔쳐봤다. 삶은 하루아침 지는 꽃과 다르지 않다는 비애를 아뿔싸 까까머리 학생 때부터 훔쳐봤다.

젊은 날 나를 휘감았던 이 시의 진정성에 의문을 갖게 된 시기는 마흔 초반 무렵. 산골 살면서 꽃씨를 뿌리고 꽃이 자라는 과정을 지켜보면서다. 핀 꽃조차도 해가 지거나 비가 오면 오므리기 십상이거늘 밤비 맞아 피는 꽃? 그런 꽃을 굳이 찾으면 찾을 줄 몰라도 내가 심고 키운 꽃에선 찾지 못했다.

내가 쓴 시를 되돌아보는 계기가 되었다. 비 맞는 꽃을 비 맞아가며 들여다보지 않고 쓴 시! 책상머리 붙들고 앉아 '그러리라' 단정하고 관념으로 쓴 시! 밤비 맞아 꽃잎 오므리고 오들오들 떨고 있을 꽃에 '화개작야우'는 가당키나 한가. 그러나 내 시를 되돌아보았단 면에서 '화개작야우 화락금조풍'은 좋은 시!

한시 제목은 우음偶吟. 우리말로 옮기면 우연히 읊조리다, 그냥 읊조리다. 대충 써도 이 정도라는 치기가 엿보인다. 뒤에 두 줄이 더 이어진다. 가련일춘사可憐一春事 왕래풍우중往來風雨中. '가련해라 봄날의 일이여. 비바람에 왔다 가버리네.'

지은이는 송한필. 조선 선조시대 문장가다. 형 익필과 더불어 학문이 높아 율곡 이이는 '성리학을 논할 사람은 익필 형제뿐'이라고 했다 한다. 정쟁에 얽혀 가문이 노비 신분으로 전락, 이후 삶은 알려진 바가 없다. 그야말로 화개작야우 화락금조풍!

산속의 달밤

잎이 다 떨어진 감나무 가지는 허공에 물감을 짜서 입으로 후 불어 그린 수묵화다. 후 불면 물감은 하늘을 향해 또르르 굴러간다. 굴러갈수록 가늘어진다. 달이 뜨면 감나무는 가지가 무겁다고 마당에 고스란히 내려놓는다. 땅바닥에서 뒹굴던 낙엽들이 가지 그림자에 달라붙어 겨울밤을 함께 난다.

낮부터 울던 소는 밤에도 운다. 송아지가 팔려간 모양이다. 길게 울다간 뜸을 들였다 짧게 운다. 시간이 지나면서 뜸은 길어진다. 힘이 부친 탓이다. 쇠죽 통에 달덩이가 얼른대듯 송아지가 얼른대면 소는 퉁방울눈을 끔벅거리며 또 운다. 송아지가 없으면 어미 소는 사흘을 울어댄다.

소 울음에 잠을 설친 개가 화풀이하듯 짖는다. 개가 짖으면 소는 잠깐 울음을 그친다. 이번에는 장닭이 깬다. 깨고서는 때 이른 홰를 친다. 홰를 치기 시작하면 온 동리가 덩달아 닭 울음이다. 달빛은 밝다.

영악한 고양이는 시큰둥하다. 소리 나는 쪽으로 슬며시 고개를 들 뿐 전신을 구부려 웅크린다. 물정 모르는 새끼만 민감하다. 꼬리를 감추고 앞발을 모은다. 달려들 자세다. 마당으로 내달려 바람에 흔들리는 가지 그림자를 집적거린다. 뭔지는 모르지만 먹잇감이 아님은 분명하다.

겨울 마당은 가난하다. 메뚜기도, 낮게 떠 꽃밭을 기웃거리는 나비도 없다. 마루 밑에 터를 잡은 고양이 삼대에게 메뚜기 나비는 지난가을까지 좋은 먹이였다. 겨울을 나는 고양이는 자주 허기진다. 새끼가 젖을 찾으면 어미는 돌아 웅크린다. 할미는 외면한다. 낯선 소리를 잡아내려고 귀를 쫑긋댄다. 눈빛이 별빛이다. 별에게 산 능선은 덫이다.

별 하나가 또 덫에 걸린다. 밤마다 별을 삼켜서 산은 볼록하다. 동이 트면 별도 등불도 빛나는 것은 모두 지워지거나 사라진다. 지워지고 사라지고 나면 산골 깊은 마을이 밝아온다. 별을 삼키고 볼록해진 산이 감싼 마을이다.

산골의 겨울밤

산골 겨울밤은 길고 차갑다. 내가 사는 산골은 앞산이 높고 저수지가 있어 더 그렇다. 해는 빨리 지고 골바람은 물기가 묻어 물바람이다. 오후 네 시면 열 가구가 안 되는 마을은 굴뚝 연기에 휩싸인다. 이른 시간이지만 움직이는 거라곤 연기 자락과 아궁이에 쪼그려 앉아 불을 지피는 노인네 느린 몸짓이 고작이다.

불은 쏘시개 먼저 지피고 장작을 지핀다. 불쏘시개는 검불이나 잔가지. 마른 가지 탁탁 부러뜨리는 소리가 사람 사는 집임을 알려준다. 빈집과 달리 사람 사는 집엔 땔감이 가지런히 포개져 있다. 겨울이 깊어도 땔감은 좀체 줄지 않는다. 축난다 싶으면 산을 뒤져 나뭇짐을 하는 까닭이다. 근력이 있는 노인네는 지게를 지고 그렇지 못한 분은 머리에 이거나 끌고 다닌다.

나는 지게가 없어 낙엽을 끌어모으거나 삭정이를 주워서 땔감을 마련한다. 간혹 허드레 나무를 차 트렁크 가득 싣고 오거나 트럭째 갖다 주는 친구 덕분에 땔감이 풍족하면 부자가 된 느낌이다. 시량을 갖추면 남부럽잖던 옛사람 호언을 책에서가 아니라 생활현장에서 체득한다.

이제 산골생활 7년째. 이력이 붙어 장작불은 수월하게 지핀다. 허드레 종이나 신문지를 깔고 낙엽이나 잔가지를 얹은 다음 땔감을 층층이 쌓으면 이내 불이 붙는다. 물론 나무는 적당히 말라야 되고 통풍이 잘되도록 어긋나게 쌓는 요령이 필요하다. 불을 붙이지 못해 석유를 들이부어 지피던 산골 초년병 시절을 생각하면 온전한 촌사람이 된 듯도 싶다.

　차갑고 긴 산골의 겨울밤. 아궁이 불티가 사그라지고 촉 낮은 전등이 불티처럼 가물거리는 밤. 골바람 물바람이 문틈을 집요하게 파고든다. 가습기 대용으로 들인 엽차 주전자는 식은 지 오래. 그러나 나는 믿는다. 아랫목은 절절 끓고 있단 걸. 웃풍이 아무리 매서워도 바닥은 따뜻하단 걸.

　　이불 밖으로 나온
　　얼굴이 차다 콧등이 차다
　　웃풍이 문틈을 파고드는 토방은
　　가린 것 하나 없는 한데
　　가습용 그릇물이 얼기 직전까지 가고
　　사람이 얼기 직전까지 간다
　　나를 한데로 내몬 건
　　파고드는 웃풍이 아니라
　　문틈을 막지 않고 내버려 둔 바로 나
　　내 문제는
　　내가 지나치게 뜨거웠단 것
　　뜨겁지 말아야 할 때도 뜨거웠단 것
　　웃풍아 불어라
　　내가 식을 때까지
　　웃풍아 불어라
　　내 뜨거웠던 날들 식어서
　　새벽 물안개처럼 날려갈 때까지
　　<웃풍>

인간아 인간아

나는 혀가 짧다. 남 보는 데서 내어놓고 재지는 않았지만 짧다는 지적에는 수긍한다. 혀 짧은 소리를 자주 하는 까닭이다. 초등학교 입학해서는 우리집을 유리집이라 읽었다. 받침이 들어가는 낱말도 발음이 짧았다. 특히 'ㄹ'받침이 그랬다. 어린 마음에 얼마나 상처를 받았으면 받침이 없는 나라에서 살고 싶었을까. 어쩌다제대로 발음해도 웃음거리가 되었다.

어른이 된 지금은 좀 나아졌을까. 천만의 말씀이다. 침을 삼켜 또박또박 발음하면 좀 나으련만 덤비는 성격 탓에 마음먹은 대로 되지 않는다. 마음이 급하니 두세 마디 겹치기 예사다. 듣는 쪽도 답답하다. 술자리에선 대변인을 자청하는 친구까지 나온다.

목청마저 약해 평소보다 고음을 벌라치면 소리가 갈라지고 떨린다. 소리가 떨리니 당황하게 돼 말이 수시로 끊기고 다음 말을 놓친다. 그러니 말하기가 두렵고 조심스럽다. 가능하면 들으려고만 한다. 과묵해서가 아니라 말을 해 봤자 본전은 고사하고 책잡히지 않으면 다행이니 내 나름 궁여지책이다. 그러나 뒤끝은 훨씬 편하다.

문제는, 알면서도 실수를 거듭한다는 점이다. 때로는 공명심이, 때로는 과욕이 짧은 혀를 부추긴다. 그 쉬운 우리집 발음도 못 하면서 끊임없이 넓고 화려한 저택을 기웃거리는 꼴이다. 우리집이 아닌 유리집, 유리로 지은 집처럼 불안하고 아슬아슬하다.

실수를 알면 그나마 낫다. 아는 순간 입을 틀어막으면 된다. 실수를 알지 못하고 짧은 혀를 놀린 후안을 떠올리면 소름이 돋는다. 혀 짧은 말, 말도 안 되는 말로 나를 내세우려고 한 무치는 왜 없을까. 이 대목에 이르면 동료 시인 시 구절이 억센 손바닥이 되어 내 뺨을 때린다. "인간아! 인간아!"

꽁초는 세다

마당에 쪼그리고 앉아 담배꽁초를 줍는다. 마당은 잡초가 듬성듬성 자라는 흙마당. 어떤 꽁초는 잡초 이파리에 가려져 잘 뜨이지 않는다. 흙에 반쯤 묻힌 꽁초도 보인다. 그리 넓지 않은 마당이지만 잡초에 가리고 흙에 묻혀 줍는 시간이 제법 걸린다. 가을이라곤 해도 볕은 살갗을 파고든다. 가능하면 감나무 그늘을 벗어나지 않는다. 마당 우뚝 선 감나무는 빙빙 돌면서 그늘을 만든다. 나도 그늘을 따라 빙빙 돌면서 꽁초를 찾아낸다.

꽁초를 보면 피운 사람이 누군지 대강은 짐작한다. 값이 가장 싼 솔담배는 이웃에 거주하는 선배 시인이다. 독해서 나는 서너 모금밖에 들이키지 못하는 담배가 필터만 남았다. 선배의 곤궁한 삶이 고스란히 드러난다. 몇 번 태우다 만 장초는 필시 옆 동네 후배다. 염소도 키우고 사슴도 키우는 후배는 일이 보이면 가만히 있지 못하는 성미다. 일을 만들기도 잘한다. 담배를 물다가도 일이 보이면 몇 모금만 빤 장초를 내버린다.

후배는 지나치게 바지런해서 탈이지만 나는 지나치게 게을러서 탈이다. 일거리를 만들 생각은 애초에 하지 않는다. 일거리가 보이면 딴전을 피운다. 미루고 미루다 막판에 몰려서야 수선을 떤다. 담배꽁초 줍는 일만 해도 그렇다. 눈에 띄는 대로 치우면 될걸 손님이 온다는 통지를 받고서야 부랴부랴 부산을 떤다. 오늘도 그렇다. 달포 가까이나 미뤘으니 마당 가운데 두 곳과 구석, 모두 세 군데 쌓인 꽁초가 수북하다.

수북이 쌓인 꽁초 중에 내가 버린 꽁초는 없다. 모두가 다른 사람이 태운 담배다. 어떤 이는 잠시 이야기하러 와서는 꽁초를 내다 버리고 어떤 이는 마당 평상에 앉아 술 마시면서 줄담배를 피운다. 재떨이는 내지 않는다. 서 있으면 선 자리에서 앉아 있으면 앉은 자리에서 꽁초를 버린다. 손님은 손님 편한 대로 꽁초를 버리고 나는 나 편한 대로 게으름을 피운다.

게으름을 피우다 모여진 꽁초는 전에 뱀이 나타난 곳에 쌓아둔다. 뱀은 담배를 싫어한다는 말을 얻어들은 까닭이다. 뱀이 자주 나타나는 곳은 돌담 근처. 뱀은 들켰다 싶으면 돌과 돌 사이 틈새로 쏙 들어간다. 들어가면 그대로 가만히 있는지 다른 틈새로 빠져나가는지 지키는 동안에 틈새로 다시 나오는 뱀은 보지 못했다. 그 자리를 유심히 봐 뒀다가 꽁초나 한주먹 안기는 게 고작이다.

나는 겁이 많다. 뱀은 특히 겁난다. 뱀은 잊을 만하면 나타나서 기겁하게 만든다. 담배꽁초 독한 내가 사라질 만하면 불쑥 나타나 질겁하게 만든다. 흙마당을 돌며 꽁초를 모은다. 독한 내에 화들짝 놀라서 뱀이 달아나기를 바라며. 내 마음에 불쑥불쑥 나타나는 뱀도 덩달아 멀리 달아나기를 바라며.

흑백사진 한 장

산골에선 사진을 봐도 소일이 된다. 사진에 담긴 지난날을 돌아보며 하루를 버티고 한 주일을 버틴다. 액자에 빼곡한 사진들. 삼십 년 사십 년 전 인물 좋던 남편이 거기 있고 맵시 좋던 부인이 거기 있다. 시집간 큰애와 장가간 막둥이와 눈에 넣어도 아프지 않을 손자 손녀가 거기 있다.

내가 보는 사진은 액자사진 대신 흑백사진 한 장. 오래돼 뜯겨나가고 너덜너덜해진 60년대 초반 가족사진이다. 미국에서 목회 활동을 하다가 잠시 귀국한 넥타이 정장 차림 할아버지가 앞줄 가운데 의자에 앉고 할아버지 양옆과 뒤엔 일가족이 섰다. 자세는 어색하고 억지스럽다. 초등학교 갓 입학한 둘째 형은 양팔을 겨드랑이에 딱 붙인 차렷 자세다. 학교에서 배운 자세이리라.

새하얀 학생복을 입은 누나는 무슨 언짢은 일이 있는지 뾰로통하다. 큰형은 장자답게 태깔이 곱다. 아버지, 어머니를 빼고는 유일하게 웃는다. 고급스러운 체크무늬 남방에 신발은 단아한 학생화다. 둘째 형과 나는 남방 대신 러닝셔츠 차림이다. 나는 할아버지 어깨에 감히 기대어 비스듬한 자세다. 철없다. '난닝구'에는 호랑이가 포효한다.

내가 초등학교 들어가던 해 고혈압으로 돌아가신 아버지. 사진에서는 건장한 오십 대다. 아버지 옆에는 엄마. 표정이 부드럽다. 막내를 임신한 옷차림이 편해 보인다. 엄만 작년에 관절염 수술을 받은 후 앉은뱅이로 거동하신다. 내가 보관하던 이 사진을 지난 추석 보여 드리자 우셨다.

할아버지가 안은 아기는 바로 밑 여동생. 나와 같이 놀던, 당시로선 하나뿐인 동생이다. 할아버지 품을 남자 막내인 나를 제치고 독차지했지만 내가 흔쾌히 양보했지 싶다. 학교 다니는 형과는 달리 함께 놀던 유일한 동생이었기에. 자세히 보면 동생은 코도 입도 나와 빼닮았다. 꽃무늬를 수놓은 아기 원피스가 방긋댄다. 미국에서 할아버지 오신다고 새로 사 입힌 옷으로 기억한다. 내 반바지를 동생은 여린 발가락으로 꼼지락꼼지락 건드린다.

사진 배경은 두 가지다. 대문 앞 수양버들이 그 하나다. 송충이가 유난히 자주 떨어져 어린 나를 기겁하게 하던 수양버들. 저녁을 먹기 전인지 먹고 나서인지 어렴풋해도 나무 아래서 놀던 기억이 난다. 엄마와 동네 아주머니가 말씀을 나누고 아주머니 동갑내기 딸과 나는 장난을 쳤지. 좀더 커서 초등학교 1학년 같은 반을 다녔던 딸은 이름 끝 자가 아마 순이었지 싶다.

또 다른 배경은 담배 간판과 점포. 연초소매상이라 적힌 간판은 길쭉하다. 면허번호이지 싶은 숫자판과 담배 진열대가 보인다. 그랬지. 집에서 담배를 팔았지. 전차를 탄 기억은 딱 두 번. 두 번 다 담배와 관련 있다. 소매상이 담배를 공급받으려면 전매청에 가야 했고 전매청은 전차를 타야 했다. 엄마 손에 이끌려 전매청 가면서 오면서 탄 전차가 기억의 기적을 울린다.

사진은 길다. 사진에 담긴 기억도 길고 사진에 담긴 세월도 길다. 사진 뒷면에 손으로 쓴 연도를 보면 지나간 세월은 정확히 37년. 긴 기억이고 긴 세월이지만 사진을 보는 순간만큼은 기억도 세월도 멈춘다. 살아계신 아버지, 그 곁에서 미소 짓는 젊은 엄마. 이젠 두 아이의 엄마인 막내 여동생은 태어나기 전이다. 다만 사진이 조금 낡고 조금 바랬을 뿐.

등이 구부러지다

　얼마 전에 쓴 시다. '마루에 앉아 산길을 보네 산으로 오르는 길과 산에서 내려오는 길이 중간중간 만나 구부러지네 나무는 구부러져 자라네 올라간 새는 구부러져서야 내려오네 마루에 앉아 나도 물드네 등이 구부러지네.'

　지금도 마루. 오늘은 굴러다니는 게 눈에 들어온다. 늦가을 바람이 굴러다니고 굴러다니는 바람을 따라 마당 이쪽 끝에서 저쪽 끝으로 굴러다니는 감나무 낙엽. 이미 마른 낙엽도 물기가 가시지 않은 낙엽도 한데 어울려 굴러가고 굴러온다.

　감나무는 마당 한복판에 있다. 하루 반 접 가량 한 달 넘게 감이 퍽퍽 떨어졌는데도 가지에 달린 홍시가 어림잡아도 열 접은 족히 돼 보인다. 한 접은 백 개. 추석을 쇠고 나서는 감 대신 낙엽이 차곡차곡 쌓인다. 열 접 열 배는 돼 보인다. 봄부터 수고 많이 한 이 파리니 좀 쉬라는 마음으로 쓸지 않고 내버려 둔다.

　낙엽은 밟을 때가 좋다. 바스러지면서 내는 소리가 좋고 발바닥에 닿는 푹신한 감촉이 좋다. 잎이 떨어져 쌓이는 이즈음은 그래서 괜스레 마당을 오간다. 내 머리에 내 어깨에 낙엽이 내려앉으면 나도 영락없이 낙엽이 된다. 마당을 굴러다니는 사람 낙엽이다.

56_우두커니

낙엽은 태울 때도 좋다. 꺼지기 직전 밑불이 한순간 확 일어나는 불뚝 성질이 좋고 확 일어나다가는 마침내 사그라질 줄도 아는 물러남이 좋다. 나설 때 나서고 물러날 때 물러나는 처신은 얼마나 지난한가. 나설 때 나서지 못하고 물러날 때 물러나지 못했던 숱한 나여!

낙엽은 그냥 봐도 좋다. 싱싱하던 이파리들 시들고 주름진 모습. 그러나 결코 누추해 보이지 않는다. 비루해 보이지 않는다. 낙엽은 주어진 길을 다 걷고 쉬는 순례자이며 열심히 살고서 곱게 나이 든 어르신이다.

나뭇잎이 떨어진다. 물기를 빼고 가벼워진 나뭇잎이다. 떨어지는 나뭇잎을 먼저 떨어진 낙엽이 받아낸다. 물기를 빼고 가벼워진 나뭇잎도 생각이 깊고 나뭇잎을 받아내는 낙엽도 생각이 깊다. 서로가 서로를 다치게 하지 않으려는 배려가 읽힌다. 먼저 떨어진 낙엽과 나중에 떨어진 낙엽이 한데 어울려 마당을 굴러가고 굴러온다.

다시 마루. 몸이 언다. 그새 구부러진 등을 펴려고 하자 쥐가 난다. 낙엽은 유연해서 잘 굴러다니지만 나는 뻣뻣했음을 돌아보는 순간이다. 내 뻣뻣함을 야단맞는 순간이다. 남들 굴러다닐 때 섞여서 같이 굴러다니는 굴신. 말처럼 쉽진 않겠지만 내가 뭐라고 나만 뻣뻣할 것인가.

이웃집 굴뚝이 내보낸 연기가 바람에 몰려다닌다. 장작 태우는 내를 마루까지 풍기며 사람을 긁는다. 애호박 숭숭 썬 된장국도 먹고 싶고 야단맞은 김에 담배도 피우고 싶다. 긴 연기를 내뿜는 굴뚝은 꼭 담배다. 낙엽이 한 잎, 느리게 떨어진다. 화답이라도 하듯 그 낙엽, 느리게 줍는다.

내년 첫날

다행이다. 올해가 얼마 남지 않았으니. 이제 한 달 하고 며칠 더 견디면 다시 담배를 피울 수 있으니. 다행이다, 정말. 올해만 금 연하기로 작심했으니. 올해가 지나면 담배를 태우기로 하고 금연 했으니. 아, 금연의 괴로움이여. 정말 다행이다. 금연의 괴로움에 서 벗어날 수 있으니.

금연을 다짐한 지는 지난 유월 초. 이십몇 년을 줄기차게 피워 댔으니 한 해 절반쯤은 안식년으로 삼아도 무방하리라, 그래서 작 정한 금연이다. 목청이 따가운데도 나도 모르게 담배에 손이 가 는게 화가 나고 짜증 나서 끊겠다고 덜컥 작심했다. 내심 사흘만 끊어도 어디냐며.

하루하루는 왜 그리 더디게 지나가는지. 삼 일이 더디게 지나가 고 삼십 일이 더디게 지나가고 석 달이 더디게 지나가고 드디어 올해 남은 날이 삼십여 일. 삼십여 일은 얼마나 더디게 지나갈는 지. 더군다나 술자리 연일 이어지는 연말. 견뎌낸 날들이 아까워 서라도 그저 꾹 참아내는 수밖에.

이젠 내공이 생겨 유혹을 곧잘 참는다. 곁에서 담배 연기를 내뿜든 주말의 명화 주인공이 멋들어지게 피우든 개의치 않는다. 생각나지 않는 날도 흔하다. 담배 끊은 지 오늘이 며칠짼지 손꼽던 금연 초기에 비하면 이력이 붙긴 붙은 셈이다.

 견디기 힘들 때도 있기는 있다. 글을 쓸 때다. 글이 막힐 때는 막혀서 피우고 싶고 잘될 때는 잘돼서 피우고 싶다. 짧은 글을 쓸 때는 짧은 글을 쓰느라 피우고 싶고 긴 글을 쓸 때는 긴 글을 쓰느라 피우고 싶다. 남 눈치 안 보듯이 내 눈치 안 보며 피우고 싶은 만큼 피우고 싶다.

 글을 쓰면 담배 생각이 더 난다. 그래서 글쓰기가 두렵다. 난생처음 작심한 금연이 중도에 깨어질까 두렵고 담배를 물고서 오만상 찌푸리며 써야 글맛이 날 텐데 글맛이 나지 않을까 두렵다. 오죽하면 금연을 위해서라면 올해는 글을 안 써도 좋다는 작심 아닌 작심까지 했을까.

 사실, 글을 쓰는 고통보다 안 쓰는 고통이 훨씬 견디기 어렵다. 낱말 하나 글 한 줄 엮는 고통도 만만찮지만 내 머리와 손을 빌려 내 밖으로 나오려는 글을 나오지 못하게 꾹꾹 누르는 고통은 절대 가볍지 않다. 하루 이틀도 아니고 긴긴 밤낮을 그깟 금연을 명분으로 어찌 안 쓰고 견디랴.

 삼십여 일 남은 올 한 해. 사람 만날 일도 잦고 술자리도 잦겠지만 연말까지 담배를 끊겠다는 다짐은 무난히 지키지 싶다. 지키면 당연히 자축해야 할 일이다. 축하의 가장 큰 선물은 내년 첫날에 피우게 될 첫 담배! 금연하면서 홀대한 글에도 담배를 권해야겠다. 사과하는 마음으로 내년 첫날.

고드름

　저수지 둑길이 끝나는 야산에 야트막한 암벽이 있다. 암벽을 보며 하루 두 번 다니는 버스를 기다리기도 하고 기다리면서 암벽을 두어 발짝 오르기도 한다. 물이 삐져나오는 암벽엔 볕이 전혀 들지 않아 한겨울부터 초봄까지 고드름이 매달린다.

　후배는 이 고드름을 따선 겨울 과자라며 먹어 보란다. 옆 동네에서 염소를 키우는 후배는 학교 인연이 닿아 형 아우로 지낸다. 엄동에 동치미처럼 차갑고 들기름처럼 미끄러운 고드름을 빨아먹고 깨어 먹는 맛은 별미다. 고드름 쥔 손이 시려도 선뜻 버리지는 못한다. 고드름 하나를 다 깨어 먹고 나서 꽁꽁 언 손바닥을 얼굴에 문대면 얼굴이 다 미끄럽다.

　고드름은 미끄럽다. 먹을 때도 미끄럽고 먹고 난 뒷맛도 미끄럽다. 고드름을 보는 눈 역시 미끄럽다. 암벽에 매달린 고드름을 보노라면 눈길이 저절로 미끄러진다. 눈길을 올려도 금방 미끄러져 뾰족한 맨 끝에서 아슬아슬 멈춘다. 그러기를 여러 번. 내 좁은 소견에도 깨닫는 바가 있다. 미끄러져서야 온전히 다가간단 걸. 삶은 어차피 빙판길처럼 미끄러운데 미끄러지지 않고서 삶의 속내를 어찌 보겠냔 걸.

　그렇다곤 해도 미끄러지는 건 두렵다. 다칠까 두렵고 다쳐서 주저앉을까 두렵다. 조심해도 돌아서면 미끄러지는 나에게 고드름은 고소한 듯 물방울을 똑똑 떨어뜨린다. 고드름이 뾰족해서 물방울도 뾰족하다. 아프다. 어른이라서 아야야 소리를 입 밖에는 내지 못하고 따가운 물방울을 고스란히 받는다.

　고드름이 떨어뜨린 물방울이 나를 비집고 들어온다. 비집고 들어와 나를 콕콕 찌른다. 송곳이 따로 없다. 얼음송곳이다. 나는 제 발이 저려서 내가 지은 죄를 실토한다. 사랑하면서 사랑을 지키지 못한 죄! 나를 사랑한 사람을 붙잡지 못한 죄! 엎질러진 물처럼 사랑도 죄도 주워 담지 못하고서 나는 떨어댄다.

　　미안합니다 저에 대한 사랑을 이용만 하고 살았습니다
　　그 사랑 뾰족해져 저를 마구 찌릅니다 이제부터는 착한
　　사람이 되겠습니다 얼어서 뾰족해진 사랑을 부디 녹여
　　가며 살겠습니다 떨어지는 물방울을 이 악물고 받아내
　　며 차가운 낮밤을 젖어 떨겠습니다

　　<고드름>

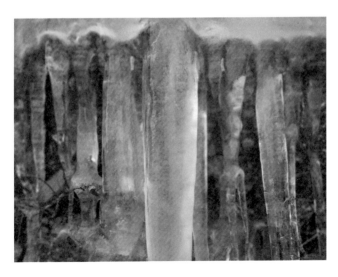

비를 보다가

유월 들어서 비가 잦다. 바깥출입을 꺼리니 비를 핑계 대고 방에서 지내는 날이 많다. 방에서 지내는 날은 방문을 제철대로 젖혀 비 구경으로 무료를 달랜다. 방문을 열면 사진기로 피사체 보듯 마루와 처마, 처마 제비집이 한 구도에 들어온다. 빗금 그으며 내리는 빗줄기를 맞아가며 제비 부부는 부지런히 제집을 드나든다. 돌아오는 제비는 지렁이니 날벌레니 새끼 먹잇감을 물고 있다. 새끼들은 서로 주둥이를 디밀고 먹이를 보챈다.

제비 일가족은 자그마치 일곱 마리. 지난달 새끼 다섯이 한꺼번에 부화했다. 부양가족이 생기고 또 새끼들 식욕이 나날이 왕성해지자 제비 부부는 더 부지런히 날아다닌다. 교대로 먹이를 물어 나르랴, 새끼 배설물을 부리로 물어서 멀리 버리랴 바쁘다. 바쁜 가운데서도 경계심을 늦추지 않는다. 집고양이는 마루에 올라와 호시탐탐 제비를 노린다.

방문을 열면 그래서 이따금 고양이도 구도에 들어온다. 제비는 수시로 움직여 초점 맞추기가 쉽지 않지만 언제든지 셔터 눌러도 될 만큼 고양이는 꼼짝을 않는다. 마루 끝에 동작을 딱 멈추고 앉아선 제비가 긴장 풀고 낮게 뜨는 순간만 노린다. 기회가 오면 발톱 세워서 제비를 낚아채리라. 저수지에서 잡아 마당 연못에 풀어 놓은 붕어를 낚아챘듯이.

마루엔 물기가 흥건하다. 빗물이다. 마루에 니스를 칠해서 스며들지는 못하고 빗물이 이슬처럼 방울방울 맺혔다. 물기를 받아들이지 못하는 나무는 애처롭다. 나무로 스며들지 못하는 물기 또한 방울방울 애처롭다. 내가 받아들이지 못했던 그대. 그대에게 스며들지 못했던 나. 그대와 나 사이에 니스가 칠해졌던가.

유월에 내리는 비는 장마를 예고한다. 한겨울 추위나 여름철 장마나 견디기가 버겁다. 그렇지만 물러가지 않는 추위 없고 끝나지 않는 장마 없다. 비 그치면 다짐이나 한 듯 떠오르던 무지개. 장마가 질릴지라도, 인생 장마가 질릴지라도 희망이란 무지개에 사진기 초점을 맞추는 것도 괜찮겠다. 눈을 동그랗게 뜬 제비가 화면 가득 들어오는 비 오는 날 오후.

면사무소 가는 길

황사 바람이 분다. 멀고 높은 곳에서 황사가 밀려온다. 황사가 밀려오면 내가 사는 산골은 삽시에 뿌옇다. 아침저녁으로 닦아도 마루며 문살이며 속속들이 먼지가 앉는다. 황사 바람이 불면 집집은 방문을 닫고 외출을 삼간다. 사람이 간간이 다니는 고갯길에도 황사가 날린다. 흐릿하고 지루한 고갯길이다.

지루함을 떨치려고 우리말 끝말잇기를 한다. 끝말잇기는 그러나 시작과 동시에 끝난다. 첫 단추를 잘못 끼워서다. 첫말이 황사이고, 황사를 받은 사랑도 자연스러워도 그다음 말은 역부족이다. 랑으로 시작하는 우리말에 무엇이 있을까. 랑, 랑, 랑. 끝내 잇지 못한다.

황사와 사랑. 황사와 사랑은 닮은꼴이다. 둘 다 멀고 높은 곳이라서 닮았고 둘 다 삽시에 밀려든다. 뿐이랴. 한번 밀려들면 눈 뜨고 다니기 곤란하다. 내 젊어 한 날 눈 뜨지 못하도록 한 게 황사인지 사랑인지 이 나이 되도록 알지 못한다. 황사와 사랑을 제대로 분간인들 했을까. 황사를 사랑으로 알아 아파했으리라. 사랑을 황사로 알아 방문 닫았으리라.

내 젊어 한 날 황사 바람에 눈뜨지 못했네 사랑은 멀고
높은 곳 삽시간에 밀려왔네 허둥대며 황사 가운데로 빠
져들었네 꽃가루인 줄 알았네 머리에 어깨에 꽃가루를
받으며 정처 없이 걸었네 집집마다 일찌감치 방문 걸어
닫았네 삽시간에 밀려왔고 눈뜰 수 없었네 멀고 높은
곳 나는 볼 수 없었네
<황사>

재 너머 면사무소 가는 길은 한적하다. 포장되기 전이나 포장을
한 지금이나 차도 드물고 사람도 드물다. 한 시간 남짓 걸으면서
차 한 대, 행인 한 사람 마주치지 못할 때도 적잖다. 집이라곤 오
르막길에 축사 딸린 집 한 채, 내리막길에 절 한 채. 호젓한 산길
을 땀내 나도록 걷다가 나는 사람 한 채가 되어 쉰다.

쉬면 물소리가 또렷이 들린다. 물에서 포말처럼 튕긴 소리가 내
살갗을 파고든다. 분수처럼 뿜어져서는 내 머리에 어깨에 물소리
를 뿌린다. 저 소리에 빠져 버스 다니는 편한 길을 놔두고 나는
굽이굽이 산길을 휘돌아 가는가. 저 소리에 빠져 산은 내려갈 생
각을 잊고 사는가.

산길은 집 앞 저수지에서 시작한다. 마당에서 내려다보면 끝자
락이 보이지 않을 정도로 저수지는 넓다. 넓어서 수량이 풍부해
논물 갖고 다투는 일은 보지 못했다. 농사꾼은 사시사철이 바쁘지
만 저수지 물을 방류할 무렵도 바쁘다. 물꼬를 일일이 손봐야 하
고 논에 심은 모를 틈틈이 돌봐야 한다. 뙤약볕에서 평생을 보낸
농사꾼은 무어랄까 얼굴이 해를 닮았다. 구릿빛 빛이 난다. 평생

을 함께한 부부가 닮듯 평생을 함께 보낸 해와 농사꾼은 닮았다.

호젓한 산길에서 짐승은 반갑다. 말동무를 만난 듯 반갑다. 굴참나무 이 가지 저 가지 바지런히 쏘다니는 다람쥐. 열 마리는 됨직한 새끼를 데리고 다니는 꿩. 돌아보고 또 돌아보며 눈망울 껌벅이는 노루. 방목해서 키우는 염소 무리는 나를 보면 일순간 긴장한다. 흩어져 풀을 뜯어 먹던 염소는 일제히 동작을 멈추어 이방인에게 시선을 들이댄다. 턱수염을 늘어뜨린 숫염소는 여차하면 뿔을 들이댈 기세다. 고깝긴 하지만 돌아서 간다.

모퉁이를 돌아서자 곧은길이 나타난다. 눈을 감고 걷는다. 1분도 걷지 않아 불안해진다. 길에서 벗어나면 어쩌나, 길가 나무에 부딪히면 어쩌나. 조바심이 나서 눈을 뜬다. 기우다. 제대로 걸었는데도 나를 믿지 않아 눈 뜬다. 자신에 대한 불신. 남을 불신하는 것만큼이나 멀리할 일이다.

땀이 식는다. 오르막을 걸으며 밴 땀이 내리막에서 식어간다. 오르막이 가파르고 힘들수록 내리막은 서늘하다. 우리 인생도 그러면 좋겠다. 열심히 살아 서늘한 노후를 맞는 인생. 조금 늦거나 조금 이르기는 하겠지만 마침내 평탄한 대로에 서는 인생. 대로에 닿으리란 믿음을 하산하는 모든 이가 갖듯 사람 사는 일, 그 끝은 평탄한 대로였으면 좋겠다.

꽃내가 진하다. 산 하나가 죄다 아카시나무다. 꽃은 보통 위를 보며 피는데 아카시 꽃은 아래를 보며 핀다. 갓 시집와 부끄러워서 고개 숙인 새댁이 저럴까. 하늘로 날리지 않고 숲으로 스며드는 꽃내를 들이쉬면 내 마음이 은근해진다. 새댁을 스쳐 지나가면서 새댁에게서 나는 향내를 살짝 들이쉬는 기분이다.

저어기 면사무소가 보인다. 한 시간 남짓 걸으며 황사 바람에 날린 먼지로 어깨가 뿌옇다. 머린들 온전할까. 영락없이 촌부다.

털려고 하다가 만다. 촌부이긴 해도 새신랑 기분에 잠시 젖는다. 내 어깨 내 머리 얹힌 티끌은 먼지가 아니고 꽃가루려니. 산길이란 주단 길을 걸어온 신랑에게 알콩달콩 잘살아라, 격려와 축하의 꽃가루려니.

뿌리의 설렘

꽃은

피면 핀다고 아프고

지면 진다고 아프다

손을 대어 짚어 보아라

절절 끓는 이 뜨거움

꽃이 뜨거운 것이냐

손이 뜨거운 것이냐

피는 꽃 짚어 보느라

지는 꽃 짚어 보느라

몇 발짝 걷다간 멈춰 서는

뜨거운 봄날

<꽃 몸살>

마당이 널따란 시골집에 사니 손길이 가는 나무가 꽤 된다. 마당 어귀 개나리가 빽빽하고 돌담을 따라 살구 백도 장미 목련이

가지런하다. 안쪽에는 철쭉 치자 석류 홍도 동백이 자리를 잡는다. 매화 앵두도 정이 가고 무화과며 대추는 산골 가을을 맛깔스럽게 한다.

꽃인들 나무에 뒤지지 않는다. 제비꽃 봉선화 상사화 국화 인동초 같은 계절 꽃이 혹은 축담 언저리나 뒤란에서 혹은 돌담을 기어 산골 집을 윤나게 한다. 그중에서 눈에 뜨이는 꽃은 풀꽃. 솥에 물을 채우고 뿌리를 담가 푹 끓이면 벽에 바르는 풀이 된다는 우리 꽃이다. 천의무봉 얇고 화사한 노랑꽃이 하나 지면 하나 피는 재주를 부려서 보는 이마다 씨앗을 챙겨 달란다.

우리 꽃이 대개 그렇듯 풀꽃은 자생력이 뛰어나다. 재작년 봄 고교 은사께 꽃씨를 얻어 처음 심었지만 스스로 씨를 퍼뜨리고 퍼뜨려 이제는 내 집을 대표하는 꽃이 되었다. 고맙고 사랑스러워 오며 가며 자주 눈길을 준다. 자주 쓰다듬는다. 꽃들도 기분이 좋아 간들거린다. 간들거리며 수다를 떨고 내 손가락을 간질인다.

감정을 갖기는 다른 나무나 꽃도 다르지 않다. 나이가 지긋해 사람으로 치면 저승꽃이 피었을 감나무조차도 주목받으려 한다. 찔레나 장미는 조금만 무관심하면 가시를 노골적으로 들이댄다. 열매가 부실하거나 가시로 찌르는 건 자기를 봐달라는 애정 표현이다.

이제 초봄. 초봄인데도 마당 여기저기 순이 돋고 싹이 자란다. 냉기 에이는 엄동설한에도 뿌리는 힘을 키운다. 순을 내밀고 싹을 내밀면 따뜻하게 맞아 주리란 뿌리의 설렘, 그 설렘이 뿌리가 살아가는 힘이지 싶다.

대나무종

    제집 처마엔 대나무가 맞부딪치면서 소리를 내는 풍경이 달려 있습니다.

    선물로 받은 건데 바람이 만드는 소리를 들려주는 일종의 종이지요.

    지금은 말벌이 대나무 속에 진흙집을 짓고 삽니다.

    속이 진흙으로 막혀서 소리는 영 아닙니다.

    나지막하고 투박합니다.

    무슨 무슨 태풍이 와서 풍경을 건드려서 내는 소리나

    한 주먹도 안 되는 제비가 건드려서 내는 소리나

    그게 그 소리처럼 들립니다.

    그래서 바람이 얼마나 부는지를 풍경으로 알려면

    소리를 듣는 대신 대나무가 흔들리는 폭을 보아야 합니다.

    그러나 보아서도 제대로 알기는 힘듭니다.

    바람은 분명 세찬데 대나무는 느릿느릿 흔들립니다.

    속이 차 있으니 몸이 무거워진 거죠.

말벌이 진흙집을 비워주면 그저 좋겠는데
그놈은 제가 안중에 없습니다.
다가가면 덤벼들려고 합니다.
집을 지키려고
죽기 아니면 살기로 덤벼들려는 놈을 이기기는 애당초 무립니다.
저도 야단을 좀 맞아야겠습니다.
나 하나 좋자고 부리지 않아도 될 욕심을 부리니까요.

공룡 발자국

제가 사는 경남 고성은 공룡 발자국 화석이 유명합니다.

바닷가 편평한 바위 여기저기 발자국이 찍혀 있습니다.

세 발가락 발자국에 발바닥 주름이 꿈틀거리는 발자국도 보입니다.

일직선으로 또박또박 곧게 찍힌 공룡 발자국에

내 발자국을 맞춰가며 걸어갑니다.

보폭이 맞지 않아 걸음이 뒤뚱댑니다.

뒤뚱대며 걸으면 벼랑에 몸을 감춘 원시인이

돌도끼를 들고서 나를 노려보는 듯합니다.

내가 아기공룡으로 보일 만도 합니다.

발자국을 보려면 집에서 차로 40분 정도 가야 합니다.

제법 멀지만 손님이 놀러 오면

더구나 아이를 동반하면 발자국을 보러 갑니다.

여름방학에는 놀러오는 손님이 많아

어제 가고 오늘 가는 날도 있습니다.

생각보다 시시하단 아이를 달래며 공룡이 섰던 자리에 세웁니다.

넘실거리는 바닷물이 아이 맨발을 적십니다.

아이가 뒤뚱대며 걷습니다.

이리 봐도 저리 봐도 아기공룡입니다.

그런 아이를 바라보며 자신에게 묻곤 합니다.

내 가슴에 품은 돌도끼 하나,

바다 저 멀리 던져버리면 어떻겠냐고.

염소는 시큰둥

손 형은 농사를 짓는 동네 후뱁니다.

후배이긴 하지만 나이가 사십 다 돼 만나서 말을 높이며 지냅니다.

염소 아저씨라 불릴 정도로 손 형은 염소를 많이 키웁니다.

사람이 보고 싶어 농장에 가면 염소에게 먹일 꼴을 베거나

벤 꼴을 염소에게 나눠 먹이느라 분주합니다.

팔뚝은 풀독이 올라 흉터를 늘 달고 다닙니다.

짐승 한 마리 키우지 않는 나를 보고 손 형은 가끔 그럽니다.

염소 몇 마리 데려다 키워 보라고.

장에 팔아 생기는 돈도 돈이지만 짐승을 키우면

시골 생활을 알 수 있고 좋은 글감이 될 거란 권윱니다.

나는 솔깃해서 염소에게 다가갑니다.

그렇지만 염소는 시큰둥합니다.

손등에 흉터 하나 없는 저런 작자가 꼴이나 베어 봤을까,

나를 미덥지 않아 하는 표정입니다.

다가가는 염소마다 저만치 물러섭니다.

나 따위는 털끝 하나 건드리지 못하게 물러섭니다.

염소들 이야기

  장정 셋이 낫과 톱을 챙겨 들고 숲으로 들어간다. 이들은 수풀을 헤쳐 나가며 두세 자 폭으로 길을 낸다. 자칫 잘못하면 뱀에게 물릴지도 모를 만큼 숲은 깊다. 봉두난발이다. 가시덤불에 긁힌 팔뚝이 흉하다. 장정 하나는 벌에 쏘인다.

  두어 시간 후, 수천 평은 됨직한 숲에 길이 트이자 이번에는 울타리를 친다. 길을 따라 말뚝을 박고 철망으로 에워싼다. 참 삼아 막걸리 맥주가 나온다. 안주는 손을 뻗으면 닿는 산딸기다.

  다음 날. 한쪽에선 울타리를 마저 치는 중이고 입구 쪽에서는 목재를 맞붙여 움막집을 짓는다. 움막집 기둥과 기둥 평형은 물 호스를 이용해 맞추는데 재간이 용하다. 움막이라기보다 2층 원두막에 가깝다. 실상은 염소가 살 집이다.

  작업은 하루 더 이어지고 드디어 염소 방목. 묶었던 목줄을 풀어주자 암컷 세 마리가 울타리 안쪽 수풀 더미로 달아난다. 젖을 떼지 않은 새끼들이 강중강중 제 어미들을 좇아간다. 여기는 신천지고 저들은 이민 1세대, 부디 잘 살라고 축원한다.

  한끝을 보게 되면 시골 일이 으레 그렇듯 술상이 나온다. 소주 됫병이 새로 나오고 점심상에 올랐던 찌개를 데운다. 때맞춰 묵직하게 퍼붓는 비가 술맛을 돋운다. 말도 많고 탈도 많던 신사년

대가뭄이 저만치 물러난다.

　장마가 닥치기 직전인 6월 중순 장면이다. 벌에 쏘인 장정은 나다. 벌집을 건드린 탓이다. 옻나무까지 건드려 보름 넘게 겪은 고충이 지금도 생생하다. 흉터가 아물기까지 민간요법 몇 가지를 알려준 두 장정은 이웃에 사는 동네 후배다.

　도시 생활을 접고 경남 고성 산골로 이사 온 지 이제 10년째. 말이 10년이지 여전히 서툴고 낯설다. 낫질 톱질은 나아진 게 없다. 보리와 밀도 구별하지 못한다. 그렇다고 말해야 그런가 보다 한다. 도무지 요령부득이 철철 넘친다. 그러니까 남들 다 피해 다니는 벌에 쏘이고 옻을 타고 그 난리다.

　동네 후배는 일이 있을 때마다 나를 불러낸다. 일이 없으면 만들어 낸다. 이왕 촌에서 살 바에야 몸도 생각도 철저하게 촌사람이 되라는 주문이다. 고구마를 캐러 가자고 부추기고 솔 눈을 따러 가자고 꼬드긴다. 일머리도 모르는 주제에 염소집 짓자고 따라나선 속사정이다.

　이민 염소 1세대 임자는 동네 후배의 후배다. 후배의 후배 집사람은 알고 보니 내 학교 후배. 학교 후배는 부산에서 중학교 국어 선생을 하다가 농사짓겠다는 남편을 따라 귀농했단다. 어느덧 3년. 팔뚝도 굵고 얼굴엔 구릿빛이 비친다. 완연한 촌아낙이다. 올봄엔 고추 2천 포기를 손수 심었다며 자랑이 대단하다.

　말이 2천이지 장관이다. 산 하나가 온통 고추밭이다. 사방팔방 하얀 고추 꽃이 처녀 맵시를 내며 간들거린다. 고추가 2천 포기면 고추가 피운 꽃은 그 백 배가 되려나 천 배가 되려나. 자랑할 만하다. 고작 스무 포기를 심고서 도시친구에게 뻐기는 나보다 백 배는 더 천 배는 더 자랑해도 무방하다.

　울타리를 친 다음 월요일은 장마권에 들어 종일 비다. 비를 핑계 대고 동네 후배가 술 몇 병을 꿰차고 찾아온다. 마루에 앉아 후배집 염소는 이 비에 괜찮을는지 안주 삼아 말이 오간다. 젖을 뗄 땐 새끼들이 아무래도 걱정이다. 전화를 낸다. 얘기가 엇길로 샌다. 비도 오시는데 술이나 마시자고. 두어 시간이 지나자 탕수육이 든 중국집 배달통을 1t 트럭에 싣고 후배 일가족이 의기양양 나타난다. 배달이라곤 되지 않는 산골에 이사 온 이래 산골에서는 처음으로 먹는 중국집 탕수육이다.

　동네 후배도 후배의 후배도 후배의 후배 아내도 가만히 보면 영락없이 염소다. 목줄을 풀어주자 수풀 더미로 내뺀 염소처럼 도시라는 말뚝에 매인 목줄을 풀어내고 촌으로 들어온 저들. 먼저 들어온 염소가 늦게 들어온 염소 부부를 불러내어 풀 대신 술을 따른다. 지나가는 사람이 놀린다. 저기 염소 봐라. 술 먹으며 놀고 있네. 놀란 새끼가 어미 곁으로 몰려들고 수컷은 뿔을 들이민다. 거기엔 벌에 쏘이고 옻이 오른 염소도 보인다. 비록 멍들고 느려도 장마가 그치면 수풀 더미로 내달릴 작정에 신이 나는 염소다. 비 맞아 파릇한 수풀에서 꿩이 푸드덕 솟아오른다.

고양이 새끼고양이

고양이가 살금살금 다가온다. 옆집에 사는 새끼 고양이다. 마른 멸치를 물고는 냉큼 달아난다. 다른 고양이는 돌담에 웅크린 채 내 눈치를 살핀다. 멸치 탐은 나지만 먼저 고양이보다 겁이 많다. 멸치를 물고 달아났던 고양이가 재차 다가온다. 다가오다가 나와 눈길이 마주치자 멈춰서 동정을 살핀다. 모른 척 먼 데를 보자 마지막 남은 멸치를 냉큼 문다.

돌담에서 눈치만 는 고양이가 남 같지 않다. 멸치 몇 마리를 더 집어 마당에 던진다. 방에 숨어서 고양이가 어쩌는가 문틈으로 본다. 고양이는 돌담에서 내려와 멸치를 씹지도 않고 삼킨다. 삼키다가 방문 쪽을 쳐다보고 삼키다가 소리 나는 쪽을 쳐다본다. 소리는 감나무 이파리가 바람에 날리는 소리다.

고양이 두 마리는 남매다. 둘 다 새끼다. 의가 좋아 붙어 다닌다. 좀 용감한 고양이는 수놈이고 조심스러운 고양이는 암놈이다. 수놈은 무늬가 없이 황토색이며 수더분하게 생겼어도 암놈은 줄무늬 짙은 갈색이며 앙칼진 얼굴상이다. 오라고 휘파람을 불면 수놈은 몇 발짝 오는 시늉이라도 하지만 암놈은 오히려 몇 발짝 물러난다. 휘파람을 세게 불면 아예 달아난다.

마루에서 잠이 설핏 드는 찰나에 고양이가 쉿소리를 낸다. 숨 넘어가는 소리다. 무슨 일인가 싶어 마당에 나간다. 소리 나는 곳은 지붕. 지붕 모서리로 내몰린 수놈이 보이고 곱절은 커 보이는 고양이가 그 앞에서 당장 덮칠 기세다. 팔을 휘저으며 야단치는 시늉을 하자 큰 고양이는 지붕 너머로 사라진다.

수놈은 몸이 얼어붙은 낌새다. 큰 고양이가 사라져도 지붕에서 내려오지 않는다. 나를 내려다보는 눈빛이 애처롭다. 고양이 눈빛이 원래대로 수더분해지기를 기다린다. 기다리는 게 따분해질 즈음 몸이 풀렸는지 지붕 옆 감나무 가지를 타고 내려와 제 집으로 또랑또랑 걸어간다. 처진 꼬리가 측은하다. 암놈은 곳간 깊은 곳에라도 숨었는지 보이지 않는다. 휘휘 휘파람을 불지만 달려오는 놈이 없다.

사람을 기다리듯 고양이를 기다린다. 수놈은 수더분해서 좋고 암놈은 조신해서 좋다. 휘파람을 불면 수놈은 다가와서 좋고 암놈은 물러나서 좋다. 다가옴도 물러남도 나를 배려한 선심이다. 내가 심심해 보이니까 고양이 두 마리가 다가오기도 하면서 물러나기도 하면서 놀아주니 좀 고마운가. 하루는 발톱을 세워 감나무 기둥 타고 오르는 묘기를 보이고 하루는 숨넘어가는 소리 내어 내 잠을 깨운다.

고양이가 다가와 나지막하게 야옹 소리를 낸다. 수놈이다. 아까 고맙다는 인사인지 멸치를 달란 채근인지 야옹 소리를 또 낸다. 멸치 봉지를 부스럭거리자 귀를 세운다. 눈에 빛이 난다. 멸치를 물고도 달아나지 않는다. 그 자리에 웅크리고 앉아 꼭꼭 씹어 삼킨다. 어디서 나타났는지 암놈도 다가와 코를 들이댄다. 내 눈치를 살피기는 하지만 한결 누그러진 표정이다.

고양이가 야옹 소리를 내면 내심 고맙다. 야옹 소리가 나면 내 집을 제집처럼 지내는 쥐는 자취를 감추리라. 언젠간 손가락만 한 조그만 새끼 쥐 서너 마리가 내 자는 이불로 들어와 기겁했고 오디오 전선이며 전기밥통을 갉아 먹은 적도 있다. 또 야옹 소리를 낸다. 나는 잽싸게 멸치를 던진다. 남이 보기엔 고양이가 나에게 고마워해야 하지만 여러 번 되풀이해서 말해도 나는 고양이가 고맙다.

나비가 마당에 나풀거린다. 수놈이 쫓아간다. 앞발을 내질러 보지만 나비는 잡히지 않는다. 고양이는 어리다. 몇 번 그러다가 수놈은 나비 잡기를 단념한다. 무안한지 내 눈치를 살핀다. 나는 못 본 척 딴청을 부린다. 그래도 무안한지 마당 바닥에 드러난 감나무 뿌리에다 대고 발톱을 문질러댄다. 나는 축담에서 폴짝 뛰어 마당에 내려선다. 비록 동작은 폴짝폴짝 그래도 마음은 나비처럼 나풀거린다. 수놈이 냉큼 날 쫓아오도록.

봄이다 봄

봄이 오면 마당에 나가 양팔을 치켜들고 만세를 삼창한다. 화답이라도 하듯이 매화가 가지를 치켜들고 생화를 흔들어댄다. 여름이 지나자마자 가을도 없이 들이닥친 길고 매서운 겨울을 함께 견뎌낸 고양이는 앞발을 쭉 뻗어 느린 기지개를 켠다. 내 만세소리 중간에 야옹야옹 후렴을 넣는다. 제집 뜨뜻한 아궁이를 난폭한 도둑괭이에게 내어주고 눈치만 늘어난 옆집 고양이다.

찾아오는 사람도 드물고 걸려오는 전화도 드문 산골생활에서 고양이하고 노닥거리는 시간은 즐겁다. 내 기척이 들리면 쪼르르 달려와 내 발치를 얼씬거린다. 딴에는 도둑괭이로부터 보호 받으려는 속셈이리라. 못 쓰는 빗으로 잔털을 빗겨주며 발갛게 발기하도록 불알을 어루만진다. 그러면 놈은 긴장을 풀고 볕이 잘 드는 부엌문 앞에 쪼그려 앉아 잠에 빠진다. 곁에 의자를 놓고 앉아서 나도 잠에 빠진다.

잠결에 들어도 떼거리를 지어 울어대는 개구리 소리는 방정맞다. 날이 풀리면서 시도 때도 없이 듣는 소리다. 한겨울 참아온 소리를 한꺼번에 내지르는 바람에 골짝이 죄다 들썩거린다. 왜 저토록 울어대는지 궁금해하다가 생물학을 전공한 후배에게서 그 까닭을 알게 되었다. 발정기 암컷이 수컷을 꼬드기는 소리란다. 종족을 이으려는 절박한 외침인 셈이다. 그런 외침을 귀가 다 따갑다고 저들에게 지청구를 늘어놓았으니 나도 참 어지간하다.

개구리가 울어대는 바람에 귀에서 물이 납니다 귀가 망가집니다 다가가면 저리 가라고 울어댑니다 물러서면 섭다고 울어댑니다 어중간한 자리에 퍼지고 앉아 그저 진정하기를 기다립니다 울기는 개구리가 우는데 물은 내 귀에서 납니다

<중이염>

봄이 되면 응당 해야 하는데 하루만 더 이틀만 더 차일피일 미적거리는 일이 있다. 마루 이쪽 기둥에서 저쪽 기둥까지 겨우내 쳐둔 비닐을 걷어내는 일이다. 방풍과 보온을 겸한 비닐이지만 마루에 앉아서 내다보면 시야가 뿌연 게 심사마저 뿌옇다. 만세를 부르고 나서 걷어낼까 걷어내고 나서 만세를 부를까 잔머리를 굴리다가 하루만 더 이틀만 더, 만세 부른 지가 언젠데 여태 미적댄다. 불시에 들이닥칠 꽃샘추위가 겁나서다.

하루만 더 지나면 되려나 이틀만 더 지나면 되려나 기다리는 일도 있다. 까치집 얘기다. 까치 한 쌍이 드나들며 집 짓는 곳은 마당 장독대 높다란 돌감나무. 그런데 한 달 삼십 일이 넘도록 끝을 보지 못한다. 기껏 물어온 가지를 떨어뜨리기 일쑤다. 제비가 집 짓는 솜씨에 비하면 이건 솜씨도 아니다.

해가 막 산을 넘어간다. 동지섣달에 견줘 길어졌다고는 하지만

여전히 짧은 봄 해다. 난로를 꺼도 온기에 미련이 남아 자리 뜨기가 아쉽듯 좀 전까지 볕이 들던 축담을 어정거린다. 고양이도 미련이 남는지 입맛을 다신다. 해 맛을 아는 녀석이 기특해 마른멸치를 던진다. 이제 해가 졌으니 너는 너대로 가라 나는 나대로 방에 들어간다는 신호이기도 하다. 고양이는 도둑괭이가 볼세라 덥석 먹이를 물고서는 제 갈 길을 간다.

봄이 오면 봄만 오는 게 아니라 밤도 따라서 온다. 일교차가 커서 낮과 달리 냉기가 감도는 밤이다. 낮도 춥고 밤도 추울 때는 대수롭지 않게 넘기던 냉기가 발목을 잡는다. 꼼짝없이 갇힌다. 갈길을 한사코 가로막는 비닐 장막을 두드려대는 바람이 거칠다. 신경질이다. 봄바람이라지만 만만하게 볼 바람이 아니다. 나가서 달래기는커녕 방문을 꼭꼭 닫고선 저러다 말겠지 저러다 괜찮겠지 냉가슴 졸여야 하는 밤이 봄과 더불어 온다.

그래도 봄은 봄. 자칫 방심해 코감기 걸리기에 십상이지만 소한 대한 혹한만큼은 지나왔다는 믿음이 있어 든든하다. 짧은 해라도 느긋하게 졸 수 있어 좋다. 가슴을 졸여야 하는 밤은 그렇다쳐도 이래저래 아쉬운 살림살이에 낮이라도 따뜻한 그게 어딘가. 아침저녁으로 쌀쌀한 날씨에도 나 보란 듯 곳곳에서 냉이가 돋고 쑥이 올라오는 지금은 봄. 그래, 봄이다 봄.

언젠가는 누군가는

올해 6월이 지나면서 산골생활도 만으로 10년이 지났다. 가진 돈이 바닥나 부산에서 두 차례 직장을 다녔어도 그 기간이 길지 않으니 강산이 바뀐다는 긴 세월을 꼬박 산골에서 보낸 셈이다. 산골로 이사 온 동기는 단순했다. 도시 생활에 염증이 났던 탓이다. 산골에서 조용히 글이나 쓰겠다고 떠벌렸지만 그건 하기 좋은 말. 직장 다니기도 싫고 그렇다고 장사할 밑천도 없고 무엇 보다 사람 만나기가 두려웠다.

주변에선 수군댔다. 어디 산골에 집을 샀으며 언제 이사 간다고 선언하듯이 갑자기 밝혔으니 그럴 만도 했다. 낫 한번 잡지 않은 샌님 주제에 산골 가서 살겠다고 하니 걱정도 많이 했다. 어느 글 선배는 디데이를 앞둔 며칠 내내 술을 사주면서 만류했고 자주 만나는 동창들은 부인까지 동원해서 말렸다.

지금 와서 하는 말이지만 주변에서 그렇게 걱정들을 하니 나도 적잖이 흔들렸다. 물설고 사람 낯선 산골에 가서 제대로 적응할는지, 도시에 살면서 알게 모르게 쌓아 올린 기득권을 쉽사리 단념할 수 있을는지. 결단 내리기가 쉽지 않았다. 짐 보따리를 몇 번은 풀었다.

산골생활은 지금도 어수룩하지만 이사 오고 나서 얼마간은 가관이었다. 마당에는 어른 허리 높이만큼 자란 잡풀이 무성하고 그런 마당에 뱀이라도 기어가면 뱀보다 내가 먼저 줄행랑을 쳤다. 장작불을 제대로 지피지 못해 땔감에 석유를 들이부어 불을 붙였다.

사시사철이 고단했다. 추울 때는 땔감 장만으로 고단했고 봄에는 고추 심는 방법을 몰라 고단했다. 막무가내로 잡풀이 자라고 막무가내로 모기가 덤비는 한여름. 가을에는 이 눈치 저 눈치 보느라 고단했다.

가을이 고단한 건 감나무 때문이었다. 마당 한복판 주렁주렁 매달린 감을 따지 않고서 저절로 떨어질 때까지 내버려 두노라면 밭일하러 지나가는 어른마다 감나무만 역성들었다. 젊은 사람이 게을러 감을 제때 건사하지 않는다고. 음식 귀한 것을 모른다고. 이 어른 저 어른 역성에 주눅들던 고단한 가을이었다.

이런저런 이유로 내가 가장 좋아하는 산골 계절은 좀 춥기는 하지만 겨울. 우선은 잡풀을 베는 수고를 덜어 좋다. 그리고 지긋지긋한 모기가 없어 좋다. 감 따라고 야단치는 소리를 듣지않아 또 좋다. 아침을 기다리고 봄을 기다리는, 기다리는 시간이 딴 계절보다 길어 정말 좋다.

산골 살면서 몸에 밴 습성 하나가 기다림이다. 주말에 오겠다는 사람을 기다리고 봄에 씨앗을 뿌려 꽃이 피고 열매가 맺기를 기다린다. 작년에 심은 은행이 오십 년쯤 후 드리울 널따랗고 서늘한 그늘을 기다린다. 나는 죽고 없을지라도 누군가는 그 그늘에서 막걸리 사발을 들이키리라. 기다린 끝에 나타나는 그런 전혀 다른 풍경을 나는 다시 기다린다.

이따금 나들이를 나가면 도시에 사는 친구들은 그런다. 산골에서는 살 만큼 살았으니 이젠 나와서 생활을 가지는 게 어떠냐고. 보통의 삶에서 벗어난 시 그만 쓰고 생활이 우러나는 시를 쓰는 게 어떠냐고. 대개는 실실 웃으면서 넘기고 만다.

그렇긴 해도 약간은 우울하다. 딴에는 열심히 사는 산골 생활이 친구들에게는 생활로 안 보였단 게 우울하고 생활에서 우러난 시가 생활에서 우러난 시로 안 보였단 게 우울하고 그럼에도 대놓고 친구들 지적을 반박할 수 없단 게 우울하다. 도시에 나들이를 갔다가 우울한 기분으로 귀가하는 날이 요즘은 그래서 네댓 번에 한 번꼴이다.

내가 사는 집은 외로운 산골에 있어서 그런지 외로움을 잘 탄다. 집을 며칠 비우면 단박에 티를 낸다. 어떤 때는 돌담이 두엇 내려앉고 어떨 때는 한쪽 처마가 처진다. 사람을 기다리다 지쳐서 외로움에 지쳐서 집은 허물어진다.

나를 기다리다 지친 집을 보면 고맙고 뿌듯하다. 내가 뭐라고 제 몸을 상해 가면서 나를 기다려준 집이 아닌가. 나도 집처럼 내 몸 돌담이 내려앉고 처마가 처지는 날이 있으려니 그런 날을 생각하며 내 집을 어루만진다. 내려앉고 축 처진 나를 언젠가는 누군가는 뿌듯하게 받아들이리란 그런 생각으로.

저수지에 청둥오리 두엇

저수지가 물안개를 후후 불어댄다. 물안개는 밀려나고 안개가걷히면서 저수지가 온전히 드러난다. 산 그림자를 품고 물빛이 초록인 산골짜기 저수지다. 장정 팔뚝 잉어가 솟구치면서 물빛이 흔들리고 덩달아 저수지도 흔들린다.

물안개 이는 골짝에서 지낸 지 10년. 세월값을 하느라 이젠 골짝 생활에 익숙하다. 제비는 언제쯤 날아와 집을 짓는지, 산딸기는 어디에 숨어서 여는지 훤하게 안다. 여름 해는 어디로 지고 겨울 해는 어디로 지는지도 눈감고 알아맞힌다.

아는 건 또 있다. 잊을 만하면 생김치를 갖다 주시는 앞집 아주머니 친정이 어딘지 알고 고추와 깨는 얼마큼 거둬들이는지 대충은 짐작한다. 면민 체육대회가 열리면 티 안 나게 생색내면서 찬조금 봉투를 내밀 줄 알고 은근슬쩍 수육 덩어리를 챙긴다.

골짝 생활에 익숙하면서 손을 놀리지 않고 무엇이든 하려고 한다. 그러니 어설픈 꼴도 곧잘 드러난다. 돌담이 엉성하게보여 손을 대는 바람에 오히려 허물어뜨리고 지극정성으로 심은 고추 모종은 지나치게 촘촘해 핀잔을 듣는다.

골짝 생활에 익숙할수록 솔직히 이 생활이 두렵다. 봄이 가면

여름이 오는 게 두렵고 여름이 가고 가을이 오는 게 두렵고 겨울이 오는 게 두렵다. 봄이 온다고 해서 별반 다르지 않다. 도시 사계가 철 따라 애환을 갖듯 골짝 사계도 철 따라 애환을 갖고 들이닥치는 까닭이다.

시커먼 산모기와 잡초가 극성을 부리는 여름. 수확이 즐겁지만은 않음을 익히고 배우는 가을철. 저수지를 거쳐서 몰아치는 엄동설한 차갑고 앙칼진 골바람. 그리고 사시사철이 다시 순환하는 봄. 매년 되풀이되는 골짝 생활에 익숙할수록 두려움은 커진다.

위안거리는 있다. 종일 생생하게 내리는 비를 종일 생생하게 듣고 지켜보는 게 좀 복인가. 낙화 분분 산길을 느린 소걸음으로 둘러보는 게 좀 즐거운가. 저도 심심한 고양이와 반나절이고 한나절이고 노닥거리는 게 좀 재민가. 무엇보다도 자고 싶을 때 자고 일어나고 싶을 때 일어나는 게 정말이지 좀 사친가.

그러한 복과 그러한 즐거움과 그러한 재미와 그러한 사치를 뻐기려는 마음에 입이 다 근질거린다. 근질거려도 꾹 참곤 한다. 들어줄 이가 마땅찮을뿐더러 막상 자리가 돼도 쭈뼛거린다. 사람이 오죽 변변찮으면 그따윌 자랑이라고 늘어놓나 하는 자격지심이 들어서다.

자격지심은 골짝에 살게 되면서 내 몸에 굳은살처럼 밴 심사다. 괜스레 주눅들 때가 잦고 나를 내세우기가 남사스럽다. 그래서 되도록 사람을 피하려고 하고 사람 많은 자리에 가게 돼도 일부러 구석을 찾는다. 좋게 말하면 겸손이고 있는 그대로 말하면 눈치만 는 나이 사십이다.

나이 사십. 사실 사십이 되면 세상에 당당하게 살 줄 알았다. 당당하지는 않더라도 술값 걱정은 벗어날 줄 알았다. 술값 걱정은 하더라도 '나도 언젠가는' 하는 믿는 구석은 있을 줄 알았다. 그러나 믿는 구석도 없이 사람 만나기조차 꺼리며 내 나이 사십!

사람을 만나고 싶으면 나무를 대신 만나고 나무가 지겨우면 고드름을 찾아간다. 말 못 하는 나무를 통해 고드름을 통해 사람을 만나고 심중에 감춘 말을 한다. 그래도 답답하면 추수가 끝난 빈 벌판에 선다. 만남이 일방적이고 편협할지라도 말할 만큼만 하고 들을 만큼만 들을 수 있어 충분히 만족하며 지낸다.

추수가 끝난 벌판을 억새가 에워싼다 가까이서 멀리서 북서풍이 불고 사람의 평생도 그러리라 제 키만큼 후들거리며 허허벌판에 서는 것 빈 벌판을 들쑤시는 장탄식 악착스레 엿들으며 애간장이 녹아내리는 것 비장한 석양을 배경으로 평생은 늘 그러리라 일제히 소멸하는 철새떼 같은 것 소멸하기 직전의 고단한 행렬 같은 것
<평생>

말할 만큼만 말하고 들을 만큼만 듣는다는 건 시건방진 말이다. 과연 그게 가능은 한가. 말할 만큼에서 더 또는 덜 말해서, 들을 만큼에서 더 또는 덜 들어서 꼬이고 삐끗대는 게 세상사고 사람 사는 모습이 아니던가. 시건방진 말을 함부로 내뱉은 나여! 내 모난 성격이여!

나는 내 성격에 모가 많음을 인정한다. 팔팔하던 젊을 때는 물론이고 사십이 넘은 지금도 다를 바 없다. 그러니까 처자식도 없이 이 나이에 이 심심산골에 웅크리며 지내지 않는가. 앙금이 생기면 시원하게 풀지 않고서 두고두고 기억한다. 나는 내 모난 성격이 싫고 싫어하는 그게 나를 다시 모나게 하고 힘들게 한다.

글 선배는 그런다. 성격이 좋다고 글도 좋은 건 아니라고. 늘 웃

으면 언제 맞받아치고 언제 치열한 글을 쓰느냐고. 맞는 말이다. 글을 작용에 대한 반작용으로 본다면 성격이 뒤틀리지 않고서야 좋은 글이 나올 리 만무다. 성격이 모난 나는 그런데도 좋은 글을 못 쓴다. 좋은 글도 못 쓰면서 모는 모대로 났다.

　모난 성격에 나는 생각한다. 좋은 글을 쓰지 못할 바에야 차라리 나만의 글을 쓰는 건 어떨까 하고. 남보다 좋은 글이 아닌 남과는 다른 글. 남은 어떻게 쓰든 오로지 나만이 쓸 수 있는 글. 약간의 관심을 두고 읽으면 똥길산이 쓴 글임을 단박에 알 수 있는 글. 똑 부러지게 말하기 어려워도 물안개를 걷어 내고 오롯이 드러나는 저 저수지처럼 뿌연 안개를 걷어내고 오롯이 드러나는 그런 글.

　골짝 밤에 천둥 번개가 닥치면 무시무시하다. 네 죄를 네 아느냐고 뇌성을 내지른다. 버번쩍 갈라지는 매서운 눈매가 나를 째려본다. 반성하는 기미가 신통찮으면 전기를 통째로 끊곤 한다. 살아오면서 중간중간 글이 끊긴 이면엔 천둥 번개가 작용했으리라. 나답지 못한 글을 천둥 번개가 치죄하느라 하늘은 버번쩍 갈라지고 내 글도 갈라졌으리라. 물안개가 걷힌다. 온전히 드러난 저수지 수면에 청둥오리 두엇 자맥질한다.

　　등분할 수 있다면 반으로 나누겠네 경계에 내 생의 꼭짓점을 부표로 띄우고 수문을 열겠네 잘 가거라 유년아 성가신 청년아 깃발처럼 팽팽하게 펄럭이던 격정아 작별은 언제나 짧네 기약하지 않네 물살에 실려 하염없이 멀어져 가네
　　<저수지>

길이 끊기다

나는 과거다. 몸도 마음도 과거다. 과거가 만든 길이 내 안에 있다. 어떤 길은 오래전에 끊겼고 어떤 길은 휘어져서 시작한 지점이 보이지 않는다. 어떤 길은 흐릿하다.

나는 과거다. 내가 쓴 글도 과거다. 과거가 만든 길이 내 글 안에 있다. 나를 내 안에서 웅크리게 한 길, 쌀 뒤주에 갇힌 감감한 길이다.

한때나마, 길은 끊기지 않는다고 믿었다. 길은 길을 만나 다시 이어진다고 믿었다. 길은 언제나 열려서 열린 길을 따라 걸으면 나도 열리리라고 믿었다.

한때나마, 글이 나를 세상 밖으로 데려가 주리라고 믿었다. 세상 넓은 곳으로 데려가 주리라고 믿었다. 내 안에서 내 밖으로 나를 데려가 주리라고 믿었다.

길은 자주자주 끊겼고 나는 세상 밖으로 나가지 못한다. 길은 이어지지 않았고 나는 여전히 자주자주 끊긴다. 세상이 열리기는 커녕 내 안에서 웅크린다. 몸도 마음도 감감하고 사람도 글도 감감하다.

과거는 아프다. 나이가 들수록 자주 아프듯이 나이가 들수록 과거는 자주 아프다. 과거는 바늘이다. 바늘에 찔린 맨살이다. 간밤 취중에 했던 말, 들었던 말이 생각나지 않듯이 과거가 간밤 취중이라면 좀 좋을까.

과거는 아프다. 몸이 아프면 더 잘해 주듯이 과거는 아파서 더 잘해 주고 싶다. 아파서 더 챙겨 주고 싶다. 간밤 취중에 했던 말, 들었던 말이 언뜻언뜻 생각나듯이 언뜻언뜻 생각나는 과거가 나를 돌아보게 한다. 나를 나이게 한다.

과거를 본다. 나를 본다. 내가 쓴 글을 본다. 생각하고 싶은 장면보단 생각하기 싫은 장면이 많다. 아니, 대부분은 아예 생각하기 싫은 장면들이다. 그럴 수만 있다면 덮어버리고 싶은 장면들이다.

어쩌랴. 나도 내가 쓴 글도 지금의 나를 있게 한 나의 과거이고 평생 짊어지고 가야 할 내려놓지 못할 짐임을. 어쩌랴. 믿든 싫든 순전히 내 몫이고 평생 지우지 못할 길임을.

길은 두 가지다. 떠나는 길과 돌아오는 길. 떠나는 길이 있기에 돌아오는 길이 소중하고 돌아오는 길이 있기에 떠나는 길이 소중하다. 그리고 떠나는 길과 돌아오는 길은 다르지 않다. 같다.

길은 딱 두 가지다. 내 안에서 밖으로 떠나는 길과 내 밖에서 안으로 돌아오는 길. 밖으로 떠나는 길도 소중하고 안으로 돌아오는 길도 소중하다. 그리고 두 길은 다르지 않고 같은 길이다.

나를 내 안에서 웅크리게 한 쌀 뒤주 감감한 길일망정 감감한 글일망정 나는 그 길이 소중하고 그 글이 소중하다. 내 밖으로 떠나는 대신 내 안에 웅크리고 있는 내가 소중하다. 내 안에서 버텨준 내가 고맙다.

눈이 와서 아침부터 펑펑 와서 길이 끊긴다 밖으로 나가는 길 밖에서 들어오는 길 모두 끊겨 눈에 갇힌다 바깥과 왕래가 끊기고 나서 알아챈다 나가는 길이 끊기면 들어오는 길 또한 끊긴다는 걸 나가는 길과 들어오는 길이 다르지 않고 같다는 걸 그것도 모르고 나와 바깥 사이에 놓은 여러 갈래 길 그 길을 끊는다고 아침부터 눈이 온다

<길이 끊기다>

길 걷기

    곧잘 걷는다. 운동이 되고 재미도 된다. 운이 좋으면 그리운 사람을 만나게 되고 나를 나보다 아껴주던 사람을 만나게 된다. 그래서 앞만 보며 걷지 않고 옆도 보며 걷고 방금 스쳐 지나간 사람을 뒤돌아보며 걷는다.

    걷기에 좋은 계절이다. 바람이 선선하다. 바람에 잎을 내맡긴 나무도 선선하다. 꽃을 다 떨어뜨리고 가벼워진 벚나무. 꽃을 잔뜩 품고 무거워진 아카시나무. 벚나무를 보며 나는 너무 많이 갖지나 않았는지 생각하고, 아카시나무를 보며 내가 져야 할 짐에 등 돌리지나 않았는지 생각한다. 이 나무도 저 나무도 나에게 숙제를 안긴다.

    길은 여럿이다. 좁고 굽은 길, 넓고 곧은 길. 그리고 오르막길 내리막길. 좁고 굽은 길은 좁고 굽어서 좋고 넓고 곧은길은 넓고 곧아서 좋다. 오르막길 내리막길도 받아들이기 따라서 오르막길은 오르막대로 돋보이고 내리막길은 내리막대로 돋보인다. 좁고 굽은 길을 걸으며 내가 살아오면서 겪은 굴곡을 떠올리고, 넓고 곧은길을 걸으며 내 품이 넓고 곧기를 채근한다. 오르막길을 걸으며 살아가면서 언젠가는 맞닥뜨릴 내리막을 염두에 두고 내리막길을 걸으며 낮은 곳에 움츠린 이를 낮추어 보는 일이 제발 없기를 다잡는다.

    걷기에 좋은 계절이라서 그런지 길을 걷는 사람이 부쩍 늘고 모임도 부쩍 는다. 이런 코스가 있으니 동행하자는 메일을 더러 받

고 길 걷기와 관련한 언론 보도나 캠페인도 심심찮게 접한다. 반
가운 흐름이다. 길 걷기는 속도에 내준 길을 복원하고 되찾는 일
이다. 길을 걸으면서 길은 내 것이 되고 길이 품은 사물도 내 것
이 된다. 걸으면서 길과 나는 소통하며, 걸으면서 길이 품은 사물
과 나는 소통한다.

　소통의 부재, 곧 단절은 길이 끊겨 그리되기도 하지만 길을 걷
지 않아 그리되기도 한다. 속도에 휩쓸려 길 걷기를 멀리함으로
써 길에서 멀어지고 소통에서 멀어진다. 걸어보라. 차를 타고 십
분, 이십 분이면 갈 길을 한 시간이고 두 시간이고 걸으면서 길의
소리를 귀담아들어 보라. 길이 자분자분 들려주는 말을 들어 보
라. 나와 내가 소통하는 접점을 거기서 찾고 나와 남이 소통하는
통로를 거기서 찾는다.

　소통은 양보와 겸손과 배려를 바탕에 깐다. 내가 옳고 내가 맞다
는 고압적 접근으론 소통은 이루어지지 않는다. 비좁은 길을 비켜
주면서 양보를 배우고 길을 잃어 난감해하면서 내가 아는 게 전부
가 아니란 겸손을 익힌다. 더디게 나아가면서 속도에 뒤처져 허덕
이는 이웃은 경쟁자가 아니라 배려해야 할 공동체임을 깨닫는다.
길 걷는 일이 한때 유행으로 번지다가 사그라지지 않고 지속해서
이어지고 내남없이 함께하기를 바라는 까닭이다.

　길을 걸으면 사진첩을 들추는 기분이다. 이 길 이 장면에서 이
런 기억을 들추고 저 길 저 장면에서 저런 기억을 들춘다. 대부분
잊고 있었던 기억이다. 어떤 기억은 나를 부끄럽게 하고 어떤 기
억은 나를 숙연하게 한다. 그 시절로 돌아갈 수는 없겠지만 그 시
절을 돌아보게는 한다. 길 걷기는 결국 나를 돌아보는 일, 나를
가다듬는 일이다.

글의 콩알

　어떤 책이 좋은 책일까. 사람마다 생각이 다르고 기준이 다르겠지만 나는 무거운 책이 좋은 책이라고 단언한다. 서점에서 책을 고른다고 하자. 제목은 같아도 출판사는 다른 비슷한 두께의 책이 여럿 있으면 나는 십중팔구 들어보고서 무거운 책을 고른다. 두께는 비슷한데 무겁다면 우선은 종이가 좋은 책이다. 그리고 활자 잉크를 아끼지 않고 듬뿍 써 인쇄가 선명하다! 내 생각 내 기준은 그렇다.

　책 한 권이 가진 무게는 어떻게 잴까. 어떤 사람은 들어보고 짐작하고 어떤 사람은 두께를 보고 짐작한다. 대개는 맞다. 들어서 묵직한 책이 무겁고 보아서 두툼한 책이 무겁다. 그렇지만 묵직하지 않은데도 무거운 책이 있고 두툼하지 않은데도 무거운 책이 있다. 속이 무거운 것이다. 속이 무거운 책은 읽는 사람을 무겁게 한다. 읽은 사람 말을 무겁게 하고 읽은 사람 무게를 무겁게 한다.

모름지기 책은 무거워야 한다. 무거워서 무거운 게 아니라 속이 꽉 차서 무거워야 한다. 그래야 대접받는다. 책이 대접받고 그 책을 읽은 사람이 대접받는다. 책이라고 해서 사람 보는 눈이 없고 안목이 없으랴. 사람이 책을 허투루 대하면 책도 사람을 허투루 대한다. 사람이 사람에게 등 돌리는 불상사만 두려워할 게 아니라 책이 사람에게 등 돌리는 불상사도 두려워할 일이다.

책은 매몰차다. 책장을 넘기다 살을 베어본 사람은 안다. 베어서 피를 흘려본 사람은 안다. 책이 얼마나 단호한지. 얼마나 차가운지. 내 것이라고 해서 함부로 할 수 없는 게 책이다. 내 사람이라고 해서 함부로 할 수 없는 사람이 책이고 내 몸이라고 해서 함부로 할 수 없는 몸이 책이다. 처음 책장을 넘기는 마음가짐과 마지막 책장을 덮는 마음가짐이 한결같아야 하는 게 책이다.

어떻게 보면 책이 선택한다. 사람이 책을 고르는 게 아니라 책이 사람을 고른다. 영 아니다 싶은 사람은 책이 먼저 알아본다. 속에 든 것 없이 거들먹대는 사람도 책이 먼저 알아보고 겉과 속이 다른 사람도 책이 먼저 알아본다. 책에 선택받으려면 나부터 잘해야 한다. 나부터 나를 깎고 나부터 나를 다듬어야 책이 나에게 오고 책과 나의 시선이 같아진다. 책과 내가 교감한다.

공평한 게 책이기도 하다. 사람을 차별하지 않는다. 가진 것이 많고 적음을 따지지 않으며 있는 자리가 높고 낮음을 따지지 않는다. 누구에게라도 책이 가진 모든 것을 기꺼이 내놓는다. 책에서 얻지 못한 게 있다면 그것은 책의 잘못이 아니라 책을 읽은 사람의 잘못이다. 책을 잘못 읽은 것이고 책을 잘못 받아들인 것이다. 영 아니다 싶은 사람도 한 번쯤 두 번쯤 몸을 사리다가 받아들이는 책에 비하면 그러지 못하는 나는 얼마나 옹졸한가.

책을 한자로 쓰면 冊. 나무패 여러 짝을 끈으로 엮은 게 책이다.

책장을 넘기면 나무패끼리 부딪는 소리가 났으리라. 책장을 넘기는 소리는 조심스럽다. 종이 책장조차 그러한데 나무 책장 넘길 때는 오죽 조심스러웠을 텐가. 같은 나무일 수도 있고 다른 나무일 수도 있는 책장이 조심조심 겹치면서 조심조심 떨어지면서 책 읽는 밤은 깊어가고 나무에서 떨어진 단풍은 저 스스로 조심스러워서 숨을 한참이나 죽여 땅에 닿았던가.

밤을 깊게 보낸 사람은 눈빛이 깊다. 그윽하다. 책에 누워 있는 과거 모든 영혼과 교감한 눈빛이라서 깊고 그윽하다. 눈빛이 깊고 그윽한 사람에게선 책 향기가 난다. 향기 역시 깊고 그윽하다. 은근슬쩍 다가가 숨을 깊숙이 쉬면서 그 향기를 들이키고 싶다. 그 눈빛을 들이키고 싶고 그 사람을 들이키고 싶다. 눈빛은 밤하늘 반짝이는 별빛과 같은 것. 별이 되어 반짝이는 고운 사람 고운 영혼이여! 눈빛으로 스며들어 밤에도 낮에도 반짝이는 과거 모든 영혼이여!

책의 미덕은 나 아닌 사람을 만난다는 것. 내 앞에 살았든 동시대 사람이든 나 아닌 사람을 만난다는 건 얼마나 은혜로운가. 그들이 들려주는 얘기는 한 톨 한 톨 금쪽이고 은쪽이다. 시골집 마당에서 마대 자루를 풀면 튀어나와서 사방팔방 구르는 콩알처럼 책을 펴면 사방팔방 구르는 글의 콩알. 한 톨 한 톨 금쪽이고 은쪽이다.

마음이 콩밭에

하루를 어떻게 보냈냐고 나에게 묻는다. 무얼 하고 보냈을까. 어제는 마루를 쓸고 하루가 지나갔다. 마루에서 쓸어낸 잡티가 어질러 놓은 축담을 오늘 치웠다. 손님 온다고 해서 집 고치고 처음으로 부엌 바닥을 훔친 사나흘 전은 요 며칠 사이에 가장 많이 일한 날이다.

하루가 짧은 걸까 내가 게으른 걸까. 하루도 짧고 나도 게으르다. 자는 시간을 빼면 내가 움직이는 시간은 고작 열 시간 안팎. 그 열 시간 동안 눈에 성가신 게 있으면 치워야 하고 두 끼 밥을 해결해야 하고 팔굽혀펴기를 100회 해야 하고 그러고는 글을 써야 한다.

하루에 하는 일을 두서없이 적었지만 실제 일과는 정반대다. 글을 쓰고 팔굽혀펴기를 하고 다음에 밥 먹고 그다음에 청소한다. 치울 게 없으면 밥을 먹고는 잔다. 일과가 질서정연하니 이웃집에 놀러 갈 짬이 없다. 술 마실 겨를도 없고 전화기마저 코드를 빼고 지낸 날이 비일비재다. 나는 바쁘다.

사람은 만나지 않아도 한 달 삼십 일을 지내겠는데 술은 가끔 마시고 싶다. 좋든 좋지 않든 기념할 날이라든가 나와 싸우다가 지친 날. 춘분날은 내가 사는 고성 장날이었다. 장을 보고 돌아 오면서 저수지 둑길에서 술상을 차렸다. 누가 말을 걸지도 않고 말할 필요도 없는 나를 위한 술상이었다. 시 '춘분'을 썼다.

밤낮의 길이가 같다는 춘분입니다 길던 밤이 내일부터 양보하겠다며 낮과 화해하는 날입니다 해 질 무렵 못둑에 앉아 화해 술상을 차립니다 내 평생의 밤과 낮도 화해하기를 바랍니다 밤이 양보해 낮이 못둑처럼 길어지기를 바랍니다

코드를 꽂자 귀한 전화가 온다. 문인주소록에서 봤다며 국어사전을 사란다. '창비'에서도 전화가 온다. 창비를 지금 구독하면 단행본을 끼워 주겠단다. 통장 잔액은 바닥이 드러난 쌀독이지만 긴 말 하기 싫어 그래 그러시라고 승낙한다. 사전도 갖다주고 창비도 갖다 주고 우체부는 바쁘다.

바쁜 우체부가 하루는 전보를 배달한다. 술 마실 일이 있으니 부산 오라는 친구 전보다. 전화를 안 받아서 전보를 보냈나. 아무래도 장난 티가 난다. 코드를 꽂고 확인 전화한다. 짐작대로 장난이다. 술김에 중앙우체국에 들러 보냈단다. 괘씸한 친구.

그런 사정도 모르고 친구는 도시에서 유혹한다. 친구라 이름 붙일 수 있는 모든 이에게 말하고 싶다. 조용히 지내는 사람 조용히 내버려 두라고. 그러나 그마저도 가식이다. 솔직하지 못하다. 내 마음은 이미 콩밭에 가 있다.

마음이 콩밭에 가 있습니다 탱자 울타리에 걸려 몸은 남
고 마음만 넘어갔습니다 마음은 좋겠습니다 늦기 전에
나오라는 신신당부도 아랑곳없이 콩꽃에 얹혀 한나절
을 보냅니다 보기 좋게 그을리며 꽃을 닮아갑니다 마음
을 비운 몸더러 들어오라 조르기까지 합니다
<콩밭>

인간아 그만 자라

날이 꼬박 샌다. 장닭이 홰를 세 번 길게 친다. 이젠 내가 잘 차례다. 자세를 바꾼다. 엎드린 자세에서 드러눕는 자세로. 자자. 그만 자자. 억지로 재촉하진 않는다. 자면 자고 말면 말고.

내가 사는 산골은 낮이 오히려 조용하다. 차도 드물게 다니고 논일 밭일하러 다들 집을 비워 사람 소리가 귀하다. 낮에 참았던 소리는 밤이 되면 한꺼번에 터진다. 돌담을 스쳐 흐르는 물소리, 고양이끼리 다투는 소리, 새가 짝을 찾아 우는 소리.

당연히 소리들에 가위눌려 잠을 놓치곤 한다. 조금 전에 들은 낯선 소리가 무얼까 알아보러 마당에 나간다. 황사 바람 뒤끝이라 하늘이 개운하다. 왜 나왔는지 잊고 별만 실컷 본다. 쳐다보느라 목이 다 뻑뻑하도록.

검은 비단에다 자수를 뜹니다 큰 별 크게 수놓고 밝은 별 밝게 놓습니다 별과 별 사이 띄우기도 하고 붙이기도 합니다 긴 실선은 별똥입니다 나서기를 꺼리는 별

은 산 너머에 감춥니다 대신 야광 실을 박아 산이 대낮
처럼 환합니다
<별>

　꼬박 새우지만 전등은 켜지 않는다. 밤이 자아내는 가녀린 빛에
의탁하고 누워서 시 한 줄을 궁리한다. 떠오르는 대로 원고지 뒷
면에 옮겨 적고 다시 눕는다. 마지막 한 줄이 떠오를 때 비로소 전
등을 켜고 난필로 된 초고를 정서한다.
　그러니까 하룻밤에도 여러 수십 번 누웠다 엎드렸다 한다. 그
사이사이 궁리의 꼬리를 잡으려고, 담배를 피우려고 마당에 나간
다. 아까 보이던 별은 간데없고 시 한 줄처럼 별이 떠오른다. 짝을
찾지 못했는지 새는 여전히 울어댄다.
　원고지에 옮기고 나서도 얼른 잠들지 못한다. 두세 번 옮겨 적
는 과정에서 말이 바뀌고 통째로 부정되기도 한다. 이걸 글이라
고 썼냐는 자기부정에 이르면 자괴감에 빠진다. 이때부터 사람이
멍해진다. 멍한 상태에서 자기부정을 부정하기 위한 '다시 글쓰
기'에 필사적으로 매달린다.
　누웠다 엎드렸다 하는 동작도 되풀이한다. 궁리의 꼬리를 다시
잡아야 하고 담배도 다시 피워야 한다. 산 능선을 넘어가는 별을
따라잡으려 달도 필사적이다. 생각이 멍할 때는 잠시 잠깐 쳐다
보는 달도 보약이다. '달'은 그런 상황에서 졸지에 얻어진 시다.
꿩 대신 닭처럼.

　계수나무 그늘에서 토끼가 절구질을 합니다 잠시 쉬려
　고 허리쭉 펴고 턱을 치켜듭니다 그 순간에 나랑 눈길
　이 맞부딪칩니다 얼마나 놀랐던지 토끼 눈알이 동그래

집니다 토끼가 놀라는 일이 없도록 다음부터는 조심조심 달을 봐야겠습니다

장닭이 잠잠해지자 암탉들이 홰를 친다. 인간아 그만 자라, 나를 쪼는 소리다. 그래, 자 주마. 오늘 못한 일 하라고 내일이 있지 않은가. 설령 나에게 종말이 와서 내일이 송두리째 사라진다 하더라도 그게 어쨌단 말인가. 날이 밝으면서 새는 짝 찾는 걸 포기한 모양이다. 새소리가 뚝 끊긴 새벽, 눈을 감자마자 잠이 천근만근 무게로 나를 누른다.

웃다 보니 어느새

본의 아니지만 나는 전업작가다. 유일한 돈벌이가 글쓰기다. 전업 중에서도 백수에 가까운 삼류작가다. 글을 써 돈을 벌지만 내가 쓰는 글은 도무지 돈이 안 된다.

부끄러운 고백이지만 올해 들어서 원고료를 받기는 이번 '문학세상' 연재가 처음이다. 청탁은 그럭저럭 받았지만 거개가 영세한 문학지거나 영리와는 담쌓고 지내는 무가지였다. 거절하기 곤란한 분이 부탁하면 원고료 들먹이기도 곤란했다.

생계문제도 당연히 불거진다. 생계란 말도 나에겐 거창하다. 살아갈 계획이 생계일 터인데 계획을 세우고 말고 할 '건덕지'가 없다. 하루하루 살아낸다는 말이 맞는 말이다.

불행 중 다행은 나 하나만 건사하면 된다는 사실이다. 돈 안 되는 소설을 쓰는 일본 작가 마루야마 겐지는 자식이 없어 아내와 개만 부양하면 되니 다행이라고 썼지만 아내도 개도 없는 나는 훨씬 더 다행이다.

그러나 현실적으론 부양가족이 있든 없든 돈은 필요하게 마련이다. 주기적으로 보채는 잡다한 공과금에다 체면 유지용으로 나가는 돈. 공과금이야 차일피일 해결한다 치더라도 체면을 유지하느냐 마느냐 문제는 나를 곤혹스럽게 한다.

곤혹스러울 때면 저울질을 한다. 체면을 유지해서 득 되는 부분과 포기해서 손해 보는 부분에 대한 저울질. 잘못 달아서 낭패를 보곤 하지만 무턱대고 차리는 체면보다야 낫다. 허나 체면치레도 저울을 들 힘이 남아 있을 때 얘기다.

저울을 들 기력조차 없는 사람에겐 요령이 필요하다. 돈이 끌어가는 사회를 살아내는 요령은 딱 두 가지! 넉살과 외면이다. 넉살 좋게 속을 다 비우고 살든지 돈 들어가는 일은 철저하게 외면하면 된다.

흔들리며 사니 속이 없습니다 속을 내어놓고 지내온 세월이 마디마디 맺힙니다 사철 파란 잎을 보세요 멍이 사무쳐서 불거진 거랍니다 가장 가까이 있는 그대가 그런 것처럼 있는 속 없는 속 죄다 내어놓고 한숨 소리가 바람 소리 닮아갑니다

<대나무가 대나무에게>

사람 만나는 걸 꺼린다. 모임에 잘 나가지 않으니 골짝 생활이 그렇게 좋으냐고 술친구들은 속 편한 소리를 해 댄다. 당신도 체면 문제로 억장이 무너져 보라. 계산대 앞에서 엉거주춤 신발 끈을 고쳐 매어 보라.

한 달이면 한 달을 집에서만 지내니 따분해서라도 글을 쓴다. 그냥 쓰는 게 아니라 나도 놀라고 있지만 한풀이하듯 써댄다. 한 달 글 쓴 분량이 지난 3년 쓴 글과 맞먹는다. 글 품격은 따지지

않는다. 단지 내 글을 쓸 뿐이다. 어차피 원고료도 받지 못할 글 아닌가.

　지인들이 가끔 묻는다. 자기도 글 쓰고 싶은데 해 줄 말이 없냐고. 쓰면 쓰지 해 줄 말이라니. 유쾌한 질문은 아니지만 지인이니까 '해 줄 말'을 한다. 쓰지 말라고. 글 그것 쓰면 인생 '베린다'고. 농담이려니 지인은 웃는다. 지인이 웃으니 나도 따라웃는다. 웃다 보니 어느새 여기까지 왔다. 돈도 명예도 나를 우습게 여기는 여기.

나무에게 말 걸기

지인에게 전화하니 송정 바다를 보고 있단다. 식목일에 웬 바다냐며 말이 길어진다. 씨를 심는 마음으로 바다에 돌을 던져보라 농을 던진다. 전화를 끊고 저수지에 간다. '식목일'은 통화를 하다가 농으로 던진 한마디에서 나온 시다.

씨를 심는 마음으로 저수지에 돌을 던집니다 돌은 꽃잎 파문을 내며 가라앉습니다 화초가 자랄 조짐입니다 수초 사이로 던진 돌에서는 물방울이 튑니다 꽃가루가 날리는 형상입니다 씨를 심는 마음으로 던진 돌이 워낙 많아 물색이 초록입니다

동료들은 나를 가리켜 사람은 좋은데 글은 별로라고 한다. 한 다리 건너 전해 듣는 말이다. 그런 얘기를 왜 직접 못하나, 분개 한다. 그러나 생각을 바꾼다. 나는 나를 사람도 별로고 글도 별로고 여기는 터에 그나마 고마운 말이다.

근래 생각이지만 사람이 좋으면 글은 처지지 싶다. 엔간해선 싫은 소리 안 하고 처신이 두루뭉술한 사람이 호인일 게다. 막말론 줏대가 없는 사람이다. 줏대가 없이 무슨 좋은 글이 나올까. 내 안의 소리가 팽창해서 밖으로 터져 나오는 게 글이어야 한다는 생각을 근래 부쩍 한다.

　줏대를 세운답시고 사람을 만나면 듣기 거북한 소리를 간혹 한다. 너는 행동거지가 왜 그러느냐, 그걸 말이라고 하나 둥둥. 헤어지고 나면 기분이 쓰리다. 그이 마음을 아프게 해서 내 마음 아프고 무엇이 옳고 그른지 제대로 알지도 못하면서 시건방을 떤 내가 밉다.

　사람을 상대로 줏대를 내세워봤자 나만 다치더란 얄팍한 계산에 상대를 바꾼다. 말 못 하는 초목에다 대고 옆집 고양이에다 대고 줏대를 과시한다. 지조 없이 이 벌 저 나비 다 받아들이는 꽃송이를 준엄하게 타이른다. 언제나 먹이만 밝히는 고양이에게 너는 먹기 위해 사느냐고 꾸짖는다. 동작이 잽싼 고양이보단 당하기만 하는 초목이 그래도 만만하다.

　초목은 과묵하다. 말에 빠지면 중간에 끊지 못하고 길어지는 말을 잘 참아낸다. 저러다 말겠지, 묵살한다. 따분한 표정을 지으면 타박을 주고서는 옆 나무에 또 말을 건다. 눈치가 빨라 선수를 치는 나무도 있다. 내가 말을 붙이기 전에 미리 말을 걸어온다.

　　말을 걸면 피하는 게 상책입니다 피해야 하는데 휘청거리는 모습이 안쓰러워 그만 붙들리고 맙니다 이왕 붙들린 김에 받아들입니다 묻는 말에 대답하고 궁금해서 묻고 그러면서 말이 길어집니다 한통속이 되어 휘청거리고 있습니다

<억새는 억세다>

봄이 되니 초목은 말이 많아진다. 들뜨는 모양이다. 할 말은 많은데 내가 딴전을 부리면 성질 급한 놈부터 꽃을 피워댄다. 이달 첫날에는 개나리가 성질을 부렸고 복숭아나무는 지금 한창 열받는 중이다. 눈꼴 시리지만 내색하지 않고 초목이 하는 말을 들어준다. 여기저기 한꺼번에 말하는 바람에 귀가 다 먹먹하다. 그래도 저들은 가상하다. 성질 버리고 줏대마저 버리고 지내는 나는 꽃을 피우기는 하려나.

싹이 틀 때까지

성질부린다고 꽃을 피워대던 복숭아가 울적해 보인다. 그 곱던 꽃 다 떠나보내고 소침해 있다. 복숭아를 위로하느라 감나무가 나선다. 새순이 삐쭉빼쭉 나온다.

> 두리번거립니다 지낼 만한 곳인지 둘러봅니다 실망해
> 서 도로 들어갈까 봐 기분을 맞춥니다 도리도리도 하
> 고 짝자쿵도 합니다 생수까지 떠다 받칩니다 놈은 달다
> 쓰다 말이 없습니다 같잖기는 하지만 내가 저랬지 싶
> 어 꾹 참습니다
> <새순>

나도 그랬을까. 이 세상이 낯설어 까탈을 부렸을까. 세상이 싫다고 두메산골에 터를 잡은 걸까. 아니다. 그렇게 말하면 솔직하지 못하다. 세상 탓이 아니다. 단지 내가 보조를 맞추지 못했을 따름이다.

하나를 보면 열을 안다고, 시골 생활도 보조를 맞추지 못하고 산다. 마을 모임에도 번번이 빠지고 농번기 일손이 달려도 애써 모른 체한다. 일할 시간에 자고 다들 잘 시간에 깨어 있는 밤도깨비 생활. 떠나지 못하고 발목 잡힐까 싶어 개나 닭 한 마리 키

우지 않는다.

 귀농학교를 이수한 몇 분이 내 집을 찾아온 적이 있다. 도시생활을 하던 사람이 시골에서 어떻게 사는지 살피고 싶었던 모양이다. 살피고 가면서 농사를 지어 보라고 권한다. 농사는 쉽고 재밌는 거라며.

 쉽고 재밌는 농사. 농사짓고 사는 이웃집을 대입하면 결코 수긍할 수 없는 무릉도원 얘기다. 그렇다고 귀농을 준비하는 그들 면전에서 이건 이렇고 저건 저렇다, 따지진 않았다. 대신 맞장구쳤다. 쉽고 재밌다고. 그 증거로 내가 가꾼 텃밭을 보여주었다. 상추 배추 쑥갓 씨앗을 뿌린 예쁜 텃밭.

 씨 뿌린 다음 날 비가 옵니다 씨 뿌린 곳을 파고들며 옵니다 영문을 몰라 뜬눈으로 새웠을 씨가 그제야 씨 뿌린 마음을 알아챕니다 시키지 않아도 빗물에 알몸을 담급니다 알몸을 부풀립니다 흙 사이로 보이는 씨의 알몸을 토닥토닥 덮어 줍니다
 <텃밭>

 씨는 비 맞는데 혼자서 우산을 쓴 내가 민망하다. 씨처럼 알몸이 될 수도 없는 노릇이다. 어디에 가도 무엇을 해도 보조를 맞추지 못한다. 내가 쓰는 시라고 해서 별다를까. 시도 나처럼 변방에 머문다.

 변방에도 즐거움은 있다. 화려하지만 고통스러운 중심에서 벗어난 즐거움. 들어줄 사람이 도통 없기에 제멋대로 떠들어도 되는 즐거움. 변방에 씨를 뿌리고 싹이 나기를 기다리는 이 기막힌 즐거움.

젖은 땅을 파헤치고 꽃씨를 묻습니다 젖고 어둔 땅속
이 싫다는 꽃씨를 다독거려 묻습니다 꼭꼭 다지고 비
석 같은 팻말을 세웁니다 마음이 안돼 토담방에 틀어
박힙니다 내 몸에서 싹이 틀 때까지 수삼일 잠에 파묻
힐 작정입니다

<비 온 뒤>

내 안의 소리에게

강원도 고성 산불로 떠들썩할 무렵 내가 사는 경남 고성에는 비가 온다. 날씨가 가물어 반가운 비다. 여기도 고성이고 거기도 고성인데 하늘이 차별하나 생각은 들면서도 표정 관리에 애먹는다. 반가운 마음을 누르지 못하고 축담에서 손 내밀어 비를 맞고 마당까지 나가 맞는다.

흙마당에 금세 물길이 팬다. 마당 가운데 흘러가는 물길, 마당 가장자리 흐르는 물길. 어느 물길이든 물길은 지금 있는 데보다 낮은 데를 찾아간다. 낮은 데를 찾아가는 물길은 아무리 봐도 질리지 않는다.

> 빗물은 처음 와서 모르는 초행길을 물어물어 갑니다 알음알음으로 찾아갑니다 싸리잎은 초면이라서 금방 보내줍니다 정에 목마른 물이끼는 수다를 떨다가 놓아 줍니다 길을 잘못 들면 다른 길을 찾아갑니다 처음 길보다 낮고 깊은 길입니다
> <물길>

길은 내가 잘못 들었다. 두세 번 접고 봐 줘도 나에게 시는 가당

찮다. 이름 석 자 발음과 비슷하게 '돈 계산'이나 해야 적당할 사람이 주제넘게 시라니. 어쩌자고 겁도 없이 시의 길로 들어선 걸까. 모를 때는 몰라서 그런다 치자. 알고 나서도 왜 결연히 발을 빼지 못하는지. 이래저래 후회막심이다.

지금이라도 그게 가능하다면 시에서 벗어나고 싶다. 시 안 쓰는 고통이 시 쓰는 고통보다 클지라도 생각을 바꾸고 싶다. 다가갈수록 전체를 조망하기 어려운 숲처럼 다가갈수록 난감해지는 시를 차라리 문밖으로 내쫓아 소박맞히고 싶다.

내년이면 산골로 이사 온 지 10년째. 열 번의 여름과 열 번의 겨울을 지낸 긴 시간이다. 10년을 맞아 주변에 손볼 데가 없을까 둘러본다. 한쪽 돌담이 낮다. 담을 올릴까 하다가 높이가 다른 돌담도 멋이려니 그냥 둔다. 마당 근처까지 차가 들어오도록 고샅길을 넓히면 어떨까. 자신이 서지 않는다. 걷는 게 몸에 좋다며 없던 일로 한다. 도무지 바꿀 게 없다. 나는 게으르다.

그래도 명색이 10년인데 하나 정도는 바꾸자고 나를 다잡는다. 불현듯 시가 떠오른다. 그래 시다. 시를 바꾸자. 나도 모를 얘기는 그만 쓰자. 말을 걸고 싶어 안달하는 나무, 멸치 부스러기를 달라고 보채는 피라미, 그리고 반갑게 내리는 늘씬한 비. 갑자기 나는 바쁘다. 시 '봄비'까지 바쁘다.

비에 깜짝 놀란 매화가 보름 넘게 다문 망울을 폅니다
얼떨결에 빗방울을 문 어린 꽃잎은 울상입니다 놀라게
해서 미안타고 하늘은 하루를 시무룩합니다 갇혀 지내
던 못물은 신납니다 물이 불자 잽싸게 달아납니다 같이
가자는 인사치례도 없이 달아나기 바쁩니다
<봄비>

나만 남겨두고 달아난다. 달리 붙잡을 염치는 없다. 나에게 말을 시키려 했던 저들을 오래 외면했다. 저들 말을 진작 전하고는 싶었지만 산골생활 얼마나 했다고 저런 시를 쓰냐는 힐난이 두려웠다. 힐난은 내 안에서 나왔다.

이제 힐난을 듣자. 바뀌는 강산 틈에 슬쩍 끼워서 나를 바꾸자. 그리고 받아들이자. 그간 외면한 주변 소리를. 간절한 울림을. 시 언저리에서 여전히 서성대는 아둔한 나를.

오도방정

떡잎이 돋는다. 봉선화 채송화 안개꽃 코스모스, 그리고 생소한 풀꽃의 떡잎. 어디에 숨었다가 이제 나타난 걸까. 오금이 저리도록 오래 본다. 저를 보고 있으니 꽃잎은 기분이 좋은 모양이다. 아장아장 걸어 나온다.

> 우연히 던지는 말을 맞고도 사람은 상하는데 하늘이 줄
> 기차게 던지는 비를 맞고도 떡잎은 덤덤합니다 우연히
> 던지는 말을 갖고도 사람은 싸우는데 하늘이 줄기차게
> 던지는 비를 갖고도 조그만 떡잎은 덤덤합니다
> <떡잎>

내 어릴 적 떡잎은 어땠을까. 중년이 된 지금, 몸도 마음도 왜소한 걸 보면 떡잎도 엇비슷했지 싶다. 그렇건만 누군가는 금이야 옥이야 했을 게다. 낯간지럽게 아장아장 걸어 다녔을게다.

떡잎이 볼품없으니 내가 쓰는 시도 몸피 작고 마음피 작다. 부끄러운 줄도 모르고 애지중지 들여다본 시. 출발부터가 잘못됐다. 공부한다고 나서는 사람이 없어 고교 졸업반 때 억지로 떠맡은 문

예부장. 시작은 그랬다.

그 바람에 난생처음 써 본 시. 교내 시화전을 앞두고 부장 체면을 세운답시고 담당교사와 문예부 후배가 채근하는 바람에 쓴 시가 첫 시다. 어쭙잖은 그 시가 남학생들 여학생들 사이에 화제가 되었다. 흥감했다. 상상의 동산에 무지개 곧잘 뜨던 그시절. 출발은 그랬다.

전혀 다르게 살았다면 무엇을 하고 있을까. 마음판에 적는 낙서려니 되짚는다. 군인이 되었으리라. 육사를 나와 야전에 몸담는 보병이 되었으리라. 좀스럽게 골방 차지는 하지 않았으리라. 전념했더라면 학자 자리도 넘봤으리라. 딱 한 번 양주동 선생 5백부 한정판 '여요전주'를 고가에 팔긴 했지만 어려운 형편에서도 달고 다녔던 진귀본들. 상대에 들어가 경제학을 공부하면서 서지학자 꿈은 사라지고 이제 그 책들마저 다 사라졌다.

계획을 세워 무엇이 되겠다는 것. 그게 과연 가능할까. 다가가면 저만치 달아나고 막상 잡으면 아무것도 아닌 허깨비는 아닐까. 부질없는 계획을 세우고선 나는 얼마나 방정을 떨었던가. 방정은 시 쓴다는 지금도 여전하지나 않는지.

방정맞다 산을 불러내는 일 저마다 목청껏 불러내어 제 것을 가려내는 일 장송이 산을 불러내랴 불러내고서 즐거워하랴 방정맞다 부르는 대로 화답하는 산 목청껏 부른다고 목청껏 화답하는 산 가만있으면 불러내랴 불러내고서 수선을 떨랴

<메아리>

별자리 마음자리

"일어났능교?" 아랫집 아주머니다. 맛보라며 어제 담갔다는 무김치를 건넨다. 날씨가 풀렸다는 얘기도 나누고 곶감 매단 얘기도 나눈다. 얘기를 나누다가 대나무 열댓 그루 쓸 데가 있는데 내 집 대밭에서 베어가도 되겠냐고 묻는다. 김치도 얻은 김에 그러시라고 흔쾌히 응한다. 힘들 텐데 베어서 갖다 드리겠다는 약속까지 하고 만다.

아주머니 둘이 마당에 들어선다. 옆집 대산댁과 옆 옆집 아주머니다. 옆 옆집 아주머니네 김장독이 깨져 낭패라며 여분이 있으면 얻잔다. 빈 장독이 장독대에 더러 있는 걸 아는 눈치다. 아내가 애써 갖다 놓은 장독들이라 망설인다. 망설이자 햅쌀 두 되를 주겠단다. 모사 지냈다며 상다리가 휘도록 내 다리가 휘도록 얻어먹은 게 지난주다. 장독을 골라 옆 옆집 수돗가까지 들어다 준다. 배추 한 포기를 덤으로 얻는다.

대산댁이 갓 버무린 김장김치를 들고 온다. 대산댁 새끼고양이 두 마리가 대산댁 바짓단에 달라붙어 졸래졸래 따라온다. 큰 고양이한테 두들겨 맞았는지 눈가가 푸르죽죽하다. 고양이는 마당 감나무에서 떨어져 터진 홍시를 핥아 먹는다. "쭈, 쭈." 고양이를 불러 멸치 서너 마리를 던지자 냉큼 물고서 마루에 기어든다. 아주머니를 빈손으로 보내기가 뭐해 데워서 먹는 즉석 카레와 짜장 하나씩을 쥐여드린다.

하늘이 쨍하다. 일하기 좋은 날씨다. 편한 옷으로 갈아입고 실장갑을 낀다. 집 외벽에 페인트를 칠한다. 흰색이다. 집을 고치면서 칠하고는 처음이니 팔구 년 만에 칠하는 페인트다. 페인트가 묻으면 안 되는 자리는 신문지로 덮고 작업을 시작한다. 듬뿍 묻혀 붓을 갖다 대자 페인트가 튄다. 얼굴에도 튀고 옷에도 튄다. 초보는 초보다. 옆집 대산댁이 웃는다. 욕본다며 거든다.

휴대폰이 울린다. 하루가 지나고 이틀이 지나도 감감무소식이던 휴대폰이 하필이면 페인트칠로 경황이 없는 중에 울린다. 경황이 경황이지만 반갑기도 하다. 장갑을 벗어 던지면서 휴대폰 놔둔 자리로 달려간다. 자서전 대필에 관해 물어보자는 출판사 대표 전화다. 장인어른 자서전을 출판하려는 사람이 있는데 어쩔까 싶다는 전화다. 대단한 사람은 대단해서 자서전 의미가 있고 평범한 사람은 평범해서 의미가 있다며 두루뭉술 넘어간다.

한 벽을 칠하고 담배를 물 참에 휴대폰이 또 울린다. 시청에 근무하는 학교 선배다. 내가 일을 보는 문인단체에 관해 묻는다. 사무국 살림살이를 묻고 하는 일을 묻는다. 국제교류과엔가 있다는 선배가 별것 다 묻는다 싶은데 문화예술과로 옮겼다며 궁금증을 풀어준다. 학보사 편집국장을 해 문화 마인드가 높은 선배라서 잘됐다며 말로 박수를 보낸다. 부산 가면 술 한잔 사시라며 휴대폰을 닫는다.

휴대폰. 나한테는 휴대폰이 원고지 대용이다. 휴대폰에 글을 쓰고 시를 쓴다. 길을 가다가 잠자리에 들다가 문득 떠오르는 생각을 휴대폰에 메모한다. 생각은 한 군데 머물지 않고 돌아다닌다. 수면을 박차다가는 일시에 종적을 감춘다. 망각이란 이중삼중 그물이 생각을 훑어가기 전에 생각의 잔챙이까지 훑어가기 전에 휴대폰을 연다. 때로는 한 단어가 때로는 한 문장이 휴대폰에 저장된다. 내 휴대폰은 돌아다니는 생각들을 저장한 저장창고다.

우체부가 온다. 올해 서른여덟이고 아이가 둘이다. 비가 와도 오고 볕이 따가워도 온다. 폐를 적잖이 끼친다는 마음이 들어 언제 저녁이나 먹자고 말을 낸 게 추석 전이다. 오늘 저녁으로 못을 탕탕 박는다. 퇴근하고 읍에 들러 사 오라며 족발 값을 낸다. 옆 동네 후배에게 전화를 낸다. 염소도 키우고 사슴도 키우고 효소도 만들고 유기농 농사도 짓는 후배다. 후배는 소주 됫병을 챙기기로 한다.

독수리 서너 마리가 뒷산 꼭대기를 날아다닌다. 양 날개를 펴면 2m는 됨직하다는 시베리아 독수리다. 며칠 전 등산을 한답시고 꼭대기에 올라가 쉬는데 눈앞에서도 맴돌고 머리 뒤에서도 맴돌아 쉴 만큼 쉬지도 못하고 내려오게 한 독수리다. 독수리는 마을엔 내려오지 않는다. 마을 가까이에 오면 까치가 까마귀가 떼거리로 덤벼든다. 옆에서도 덤벼들고 뒤에서도 덤벼들어 독수리를 혼쭐낸다.

해가 질 무렵에야 칠이 끝난다. 날을 넘기지 않아 다행이다. 산골에서는 해가 일찍 진다. 앞산 능선으로 지는 해를 바라보면 능선이 약간만 꺼져도 해가 길 텐데 하는 아쉬움이 든다. 겨울 해가 지는 산 능선을 삽으로 파면 어떨까. 산골에 산 지 만 십오 년. 이사 온 첫 겨울에도 이번 겨울에도 삽으로 파면 어떨까 생각은 하지만 행동이 따르지 않는다. 그저 바라볼 뿐. 삽자루만 만지작거릴 뿐.

집 아래 저수지에 가 볼 요량으로 마당을 나선다. 마당 입구 은행나무는 잎이 다 떨어져 앙상하다. 오륙 년 전에 옆 동네 후배가 구해 줘서 심은 은행이다. 두 그루를 심어서 하나는 죽고 하나만 겨우 살아서 잎을 피운다. 잎을 피운 자리를 만지고 떨어진 잎을 만진다.

저수지 물가에 선다. 갈천리에 있어 갈천저수지다. 하지만 저수지를 낀 마을이 어실이라서 나는 어실못으로 부른다. 다리로 내려간다. 인기척을 피해 피라미가 달아난다. 전보다는 적지만 청둥오리가 무리를 지어 다니고 잉어인지 향어인지 물고기가 튀어 오르면서 수면이 흐트러진다. 산 그림자가 못에 비친다.

둑길은 다리 반대편에 있다. 하루 두 번 오가는 읍 버스는 둑길 끝에 선다. 버스에서 내려 둑길을 걸으면 비로소 내 집에 온 기분이다. 산색을 닮은 물색이 나를 반기고 저수지 물바람이 나를 반긴다. 못가에 들러 물색을 바라보고 팔을 벌려 물바람을 안는다. 나를 반기고 내가 안는 어실못 물색 물바람. 못이 나에게 바라지 않듯이 나도 못에 바라지 않는다. 이대로만 한 삼사십 년 지내기를. 이대로만 한 삼사십 년 나이 들기를.

어실못 둑길은 삼십 대와 사십 대의 나를 기억한다. 주인 걷는 소리를 용하게 알아채는 삽살개처럼 삼십 대와 사십 대의 내가 둑길 걷는 소리를 용하게 안다. 버스에서 내리면 둑길이 멍멍멍 달려온다. 둑길을 걸어가면 가는 데까지 따라온다. 목덜미 쓰다듬으며 밖에서 있었던 일을 들려주면 주인 말귀 알아듣는 삽살개처럼 둑길은 고개를 주억대고 꼬리를 살랑댄다.

저녁을 먹기로 한 우체부가 좀 늦겠다고 전화한다. 술상을 차린 방에서 나와 마당에 선다. 별이 말갛고 별자리가 말갛다. 오리온자리를 찾는다. 초등학교 다닐 배운 별자리다. 어릴 때 배운 별자리라서 마흔 중후반 이 나이에도 금방 찾는다. 어릴 때 배운 게 대체로 평생을 간다. 평생을 써먹는다. 겨울하늘 별자리답게 오리온은 차갑다. 차가워서 보는 사람도 언다. 얼어붙어 눈을 떼지 못하게 한다.

 하루가 다 간다. 오늘 있었던 일을 짚고 내일 할 일을 꼽는다. 짚으면서 꼽으면서 한 달이 가고 일 년이 가고 일생이 다 간다. 한 달이 가고 일 년이 가고 일생이 다 가도 변하지 않는 곳 한 곳. 하늘의 별자리처럼 변하지 않는 곳 한 곳. 조금 멀고 조금 가깝고 하는 차이는 있을지 몰라도 조금 깊고 조금 얕고 하는 차이는 있을지 몰라도 누구에게나 그런 곳이 있다. 그런 마음자리가 있다. 별자리가 밤하늘을 꾹꾹 누르면서 지나간다. 마음자리를 꾹꾹 누르면서 지나간다.

휘영청 보름달

하늘이 청명하다. 푸를 청이고 맑을 청이다. 새털구름이 새털처럼 보드랍게 드리운 푸르고 맑은 하늘. 구름 몸통에서 떨어진 깃털 한 올이 나풀대며 바람이 부는 쪽으로 흐른다. 후 분다. 깃털은 잠시 떠올랐다가 퍼진다.

가을이다. 하늘도 가을이고 사람이 사는 곳도 가을이다. 길거리 세워둔 과일 트럭에 가을이 넘치고 명절을 앞둔 장바구니에 가을이 빼곡하다. 사람에 따라서는 흠집 난 가을도 있고 홀쭉한 가을도 있겠지만 가을은 가을이다.

내일모레면 추석. 가족이 한자리에 모이는 한가위다. 넘치면 넘치는 대로 모자라면 모자라는 대로 차례를 지내고 덕담을 건네고 안부를 묻는다. 서울 말씨를 쓰는 손자 손녀 재롱이 살갑고 혼기를 놓친 딸은 여전히 눈에 넣어도 아프지 않다.

이번 추석 연휴는 사흘. 짧아서 아쉽긴 하지만 뭐 어떠랴. 차가 일시에 몰려 도로가 꽉꽉 막힌들 또 어떠랴. 부모 형제가 있고 고향 친구가 있고 유년의 기억이 잔뜩 묻은 곳에서 선물 보따리를 풀고 입담을 풀기에는 사흘도 충분하다. 하루 이틀도 충분하다.

내 친구 누구는 어제오늘 마음이 무겁다. 식당을 하다가 최근 문을 닫은 친구다. 연휴가 짧은 탓에 가면 오기 바쁘단 핑계를 대고 부모님 찾아뵙기를 단념했다고 한다. 시를 쓴답시고 오랜 날들을 별 수입 없이 지내봐서 그 마음을 조금은 안다. 아무쪼록 알통에 힘 불끈 주고 일어서기를 바라는 마음이다.

추석을 앞두고 친구만 마음이 무거울까. 부모 형제를 찾아가고 싶어도 찾아가지 못하는 사람이 어디 한둘일까. 받을 돈을 못 받아서 억하심정인 사람. 받을 돈조차 없어서 기댈 곳이 없는 사람. 그리고 궁색한 티를 감추려고 꼭꼭 숨는 사람.

꼭꼭 숨어본 사람은 안다. 명절을 쇠러 간 척, 집에 아무도 없는 척 전기도 켜지 않고 인기척도 내지 않고 명절 며칠을 지낸 사람은 안다. 명절이 얼마나 깜깜한 날인지. 얼마나 갑갑한 날인지. 그러나 하나만은 알자. 단지 사흘간의 만남을 한평생 애타게 기다려온 사람도 있다는 걸.

59년이 지나 아들을 만난 정대춘(95) 옹과 강범락(84) 옹. 59년 만에 형을 만난 이정호(76) 씨. 22년 만에 남동생을 만난 진곡순(56) 씨와 노순호(50) 씨. 그리고 이런저런 기구한 사연을 가진 사람들. 추석을 며칠 앞두고 사흘간 상봉한 남북 이산가족을 보며 사흘이 가진 깊이와 무게를 가늠할 수 있었으리라.

이산가족 상봉을 통해 가족의 의미를 되새긴다. 가족은 멀리 떨어져 있어도 가족이고 생사를 몰라도 가족이다. 당대에서도 가족이고 후대에서도 가족이다. 하루하루 사는 게 벅차고 숨찰지라도 가족이 있어 우리는 넉넉하지 않겠는가. 마음만 먹으면 찾아갈 수 있는 가족이 있어 우리는 부자이지 않겠는가.

하늘이 청명하게 보이는 건 엊그제 비가 내린 덕분. 저녁부터 아침까지 장하게 내린 가을비 덕분. 아버지가 돌아가신 문우를 문상하고 나오면서 그 비를 고스란히 맞아 이틀이 지난 지금도 외투가 꿉꿉하다. 살면서 비 맞지 않은 사람은 없을 터이다. 비에 젖지 않은 사람은 없을 터이다. 코앞에 닥친 추석으로 마음이 무거운 그대. 지금은 비록 비 맞고 비에 젖을지라도 그건 누구나 겪는 일. 어찌 알리. 그 비 덕분에 그대의 하늘이 청명해 질는지.

얼마 전 라디오에서 들은 얘기다. 콩팥에 문제가 있어 장기 기증을 기다리는 사람인데 그 사람 소원이 물을 원 없이 마시는 거란다. 나는 아무렇지 않게 벌컥벌컥 마시는 물이 어떤 사람에겐 소원이다. 가진 게 없어도 물이나마 원껏 마실 수 있다면 가진 사람이고 행복한 사람이다.

추석은 누구에게나 공평하다. 가진 자도 덜 가진 자도 추석은 보름달을 공평하게 띄우거나 공평하게 가린다. 내가 사는 곳은 산골. 버스가 하루 두 번 다니는 심심산골이다. 산골에서 혼자 추석을 보내던 밤에도 보름달은 공평했다. 공평하게 떴거나 공평하게 뜨지 않았다.

곧 추석. 일 년에 하루뿐인 날이고 평생에 하루뿐인 날이다. 이렇게 귀한 날을 허투루 보낼 수야 없지 않은가. 까짓것 하루뿐인 날인데 무리를 좀 한들 어떠리. 몸의 때를 벗기고 마음의 때를 벗기고 보름달을 맞을 준비를 하자. 우리 자신 휘영청 보름달이 되자.

노을

노을은 파스텔 그림이다. 처음은 진하다가 번지면서 연해진다. 손가락을 대고 문지르면 온 하늘로 번진다. 파스텔이 닿지않는 나머지 하늘은 여백이다. 여백을 집적이는 묵난墨蘭 뾰족한 이파리처럼 노을에 물든 구름이 끝이 뾰족해져서는 여백을 집적인다.

구름이 여백을 집적이는 건 제 당황을 감추려는 탓. 멋모르고 노을 안에 들었다가 노을이 된 구름이다. 얼마나 당황했는지 온몸이 홍조다. 벌겋다. 평정을 되찾는 시간은 더디다. 구름이 흘러가 노을에서 벗어나는 시간도 더디고 해가 져서 노을이 깡그리 어둑해지는 시간도 더디다.

새는 그나마 낫다. 당황은 돼도 구름보다 훨씬 빨리 평정을 되찾는다. 휙 지나간다. 그게 무엇이든 제 안에 오래 붙들고 싶은 노을로선 아쉬움이 왜 없겠냐만 개의치 않는다. 지나가는 새가 또 있고 또 있는 까닭이다. 새가 무리를 지어 다니는 철에는 정신이 하나도 없다.

노을은 진하고도 연하다. 진한 노을은 진해서 사람 마음이 이끌리고 연한 노을은 연해서 이끌린다. 해가 지는 쪽은 철마다 다르다. 연화산 꼭대기로 해가 지면서 빚는 노을이 그중 볼 만 하다. 연화산은 산봉우리가 연꽃처럼 생겼다는 경남 고성 진산이다.

내가 사는 마을에서 연화산 노을이 잘 보이는 곳은 고갯마루. 집에서 면무소로 가는 고갯길 가장 높은 지점인 고갯마루에 딱 서서 바라보는 해는 뭐랄까, 익을 대로 익어 터지기 직전의 탱탱한 홍시다. 진짜로 홍시인 줄 알고 까치가 높다랗게 솟았다간 제풀에 꺾여 내려온다. 멋쩍은지 공중에다 대고 까악까악 화풀이한다.

지금 내가 보는 글자는 길 영永 한 글자. 강 원천인 샘물에서 발원해 갈라져 흐르는 강줄기가 글자 생김새에 고스란히 드러난다. 가도 가도 또 가야 하는 중국 대륙을 관통해 바다에 닿는 강은 얼마나 길며 얼마나 오래 그리고 멀리 흐르는가. 그래서 한자 영에는 길다는 뜻도 있고 오래되다, 멀다는 뜻도 있다.

길 영 하면 언뜻 떠오르는 기억이 영자팔법이다. 붓글씨 기본이 되는 필법이 영이란 한 글자에 다 들었다고 해서 어머니는 이 글자를 하루 수십 번 나에게 쓰게 하셨다. 나이는 어리고 엉덩이가 들썩거려 한 달도 견디지 못하고 손을 들었지만 영 자 한 글자만큼은 멋지게 휘둘렀던 기억이 난다. 우주를 담는다는 서체 기법이 이 한 글자에 다 들었다는 말을 수긍한다면 영자는 곧 우주가 담긴 글자이고 영원을 지향하는 가치이다.

영원은 말 그대로 영원이다. 세상이 다 변해도 변하지 않는 정신이고 가치이다. 첫 시집에서 '영원한 건 영원한 것이 없다는 것뿐'이라고 객기를 부렸지만 영원한 정신, 영원한 가치가 왜 없을까. 나는 그 표상으로 노을을 꼽는다. 내가 사는 마을 노을이 그렇고 통영 달아공원 해넘이가 그렇고 사천 실안바다 낙조가 그렇고 낙동강 하류 을숙도 석양이 그렇다. 하루도 같지 않으면서 하루도 다르지 않은 이름, 노을. 어느 누가 노을 앞에서 당당하랴.
숙연하지 않으랴.

　　지는 해를 바라보며
　　내 평생의 해는 어떻게 질까 생각한다
　　지는 해에 물든 하늘을 바라보며
　　내 평생의 하늘은 어떻게 물들까 생각한다
　　구름에 가려 있다 해 질 무렵에 잠깐 보이는 해
　　구름에 가려 있다 해 질 무렵에 잠깐 물든 하늘
　　잠깐 보이는 해가 잠깐 물든 하늘이
　　해를 바라보게 하고 하늘을 바라보게 한다
　　나도 그러하기를 바란다
　　해가 지는 쪽으로
　　내 평생의 해가 지기를
　　해가 지는 쪽에서
　　내 평생의 하늘이 물들기를
　　<지는 해>

　강이 본래 형상을 잃어가는 이즈음. 저러다 강 스스로 생명의 끈
을 놓지나 않을까 덜컥덜컥 겁이 난다. 강이 숨을 쉬고는 있는지
귀를 대고 싶은 심정이다. 어려서 아버지 돌아가시고 어머니마저
생명의 끈을 놓으실까 주무시는 가슴에 귀를 대던 몇 날 며칠처
럼. 그러나 생명이 갖는 원상 복원력은 질기고 줄기차기에 이때
까지 흘러왔듯 앞으로도 흘러가리란 믿음은 굳건하다. 희망의 끈
끝자락까지 놓을 순 없지 않은가.
　믿음은 또 있다. 아무리 퍼내고 아무리 메워도 강을 비추는 노을

은 절대 변하지 않으리란 영원 불변성을. 이때껏 그래왔듯 앞으로도 그러하리란 영원 절대성을. 강을 비추는 노을만 그러랴. 연화산 연꽃 봉우리는 노을에 물든 홍련. 나 이전에도 홍련이고 나 이후에도 홍련이다. 이보다 더 오래가는 게 과연 몇이나 있으랴. 있기는 있으랴. 이제 한 해의 끝자락. 끝자락을 놓치지 않아 이 해 저 해, 해는 영원히 이어진다. 끝자락을 꼭 붙들고 삶을 잇는 이 시대 모든 그대가 바로 영원이다. 길 영이다.

동그란 빗방울, 동그란 꽃망울

　내가 사는 곳은 산골. 산에 둘러싸여 마을도 심심하고 사람도 심심한 곳이다. 산골에 이사 온 지는 내년이면 이십 년째. 지난 이십 년 세월은 어쩌면, 심심에 빠져 지낸 세월이고 심심에 버티며 지낸 세월이다. 하루 내내 사람 한 사람 만나지 않고 말 한마디 나누지 않은 날이 부지기수였던 세월. 산골에서 보낸 이십 년 세월은 어쩌면, 나에 빠져 지낸 세월이고 나에 버티며 지낸 세월이다.

　집에 있는 거울은 딱 하나. 나에 빠져 지내는 나를 비추는 거울이고 나에 버티며 지내는 나를 비추는 거울이다. 이런 나도 저런 나도 엔간하면 보지 않으려고 거울을 처분할까 궁리해 봤지만 집에 오는 손님을 생각해서 그냥 둔다. 자고 가는 손님은 다음 날 아침 빗질이니 분질로 거울을 찾곤 한다. 방 바깥벽에 걸어 방에선 그나마 보이지 않으니 다행이다.

　집에 오는 손님은 가끔 묻는다. 이런 심심산골에서 하루를 어떻게 보내느냐고. 내 대답 말머리는 비슷하다. 하루의 절반은 잔다고. 잠을 깨서도 방 밖에서 보내는 시간보다 방에서 보내는 시간이 훨씬 많다고. 산골로 들어오기 전엔 직장생활을 했으니 처음부터 잠이 많지는 않았으리라. 이사 올 당시엔 혈기왕성한 서른 초반이니 처음부터 방에 틀어박힐 생각은 아니었으리라. 그러나 깨어 지내는 시간이 길수록 산골생활은 심심했고 방 밖에서 몸을 움직이는 시간이 길수록 괜한 짓을 하게 돼 형편만 되면 자고 가능하면 틀어박혀 지낸다.

  사실 나는 잠이 늘 부족하다. 적게 자서 부족하지 않고 더 자지 못해서 부족하다. 하루 절반은 자야 제대로 잤다는 느낌이 든다. 잠귀가 밝아서 문풍지 떠는 바람 소리에 깨고 지붕 두드리는 빗소리에 깬다. 심지어는 손목시계 초침 돌아가는 소리에도 깬다. 소리에 깨서는 나를 깨운 소리 정체가 무엇인지 둘러보느라 잠이 달아나고 그러다 보면 잠이 부족하다.

  별달리 할 일이 없으면 산골 하루는 스물네 시간은 지나치게 길다. 잡생각에 잡생각이 꼬리를 물고 이어져도 한 시간 두 시간이면 신물이 나고 방문을 열면 첩첩으로 펼쳐지는 앞산을 봐도 한 시간 두 시간이면 신물이 나는데 스물네 시간을 어떻게 견딘단 말인가. 글 쓴다고 책 본다고 꼬박 새우는 밤도 어쩌다 하루 어쩌다 이틀이지 한 달이면 삼십 일, 일 년이면 삼백육십오일, 매일매일 스물네 시간은 산골에선 지나치게 길다. 진저리나게 길다. 잠마저 없다면 이 긴 시간을 어찌 보낸단 말인가.

  솔직히 말해 이곳 생활 이십 년 가운데 한 달 내내 산골에서 지낸 적은 단 한 번도 없다. 이런저런 행사로 이박삼일 삼박사일 집을 비우고 술 생각이 나서 사람이 보고 싶어서 한 주일 두 주일 비우고 하면서 보낸 산골생활이다. 산골에 들어온 지 십몇 년 만에 결혼해서는 지금은 한 달에 보름은 산골에 살고 보름은 도시에 산다. 그러나 산골이란 끈을 기어이 놓지 않고, 다시 말해서 산골

생활을 청산하지 않고 심심에 빠지기도 하며 심심에 버티기도 하며 여기까지 나를 끌고 온 힘은 오로지 잠이다. 하루 절반을 채우곤 하던 잠의 힘이다.

늘어지게 자는 만큼 몸은 무겁다. 그래도 꼭 해야 할 일이 있고 찾으면 일이 한둘이 아닌 게 산골생활이다. 도시에서 태어나 삼십 년 넘게 도시에서만 살다가 산골로 들어온 사람이라 일머리라곤 도통 없지만 내가 안 하면 누가 해 줄까. 남들 십 분이면 할 일을 한 시간 두 시간에 걸쳐서 하지만 땀을 흘리며 하는 일은 즐겁다. 나를 가볍고 얇게 해서 좋고 일하는 동안은 잡생각을 하지 않아서 좋다.

> 한쪽 돌담이 낮아 보입니다 돌을 쌓아 올립니다 이번에는 다른 쪽 돌담이 낮아 보입니다 낮아 보이는 돌담을 다시 쌓아 올립니다 맞춘다고 맞춰도 어느 한쪽은 아무래도 낮아 보입니다 가만 둬도 될 걸 일머리 없이 건드려 몸이 고생입니다 담만 높아집니다
> <돌담>

일하려고 덤비면 할 일은 많다. 집을 비운 시간만큼 마당에 자란 풀을 베거나 뽑는 일도 마땅히 해야 할 일이고 허물어져 한쪽이 낮아진 돌담을 높이는 일도 마땅히 해야 할 일이다. 산골 일은 그러나 땀 흘려 해도 티가 나지 않는다. 베거나 뽑아도 풀은 다시 자라고 처진 돌담은 공들여 쌓아도 처져 보인다. 오히려 가만 놔둬도 될 걸 괜히 건드려 두 번 세 번 일이 된다. 몸이 무겁단 핑계로, 사람이 게으르단 핑계로 꼭 해야 할 일, 급한 일이 아니면 모르는 양 지내는 게 산골생활 이십 년에 체득한 요령이다. 풀이 제

아무리 마당을 한가득 메워도 가을 가고 겨울 오면 다 죽는 모습, 풀 죽는 모습을 지켜보며 산 세월이 이십 년이다.

입춘 지나고 며칠을 달아서 비가 온다. 비가 따뜻하다. 나로선 비가 고맙고 비가 오는 날이 고맙다. 집구석 종일 틀어박혀 지내도 마을 사람 누구 하나 책잡지 않는다. 노인네뿐인 마을, 다들 밭에서 논에서 땀 흘리는데 코빼기도 보이지 않고 틀어박히면 기분이 영 찜찜하다. 일손을 거들다 이 집 저 집 발목 잡힌 경험이 초창기 여러 번 있어서 마을 일에는 거리를 두고 지낸다. 굴러온 돌이란 기분이 늘 든다.

대신에 내가 사는 곳 이곳을 글로 남기리라. 이십 년 가까이 나를 받아줬고 나를 품어준 이곳, 마을도 심심하고 사람도 심심한 산골을 필봉처럼 우뚝하게 세우리라. 빗방울이 매화 꽃망울에 맺혔다가 한 방울 두 방울 떨어진다. 빗방울도 동그랗고 꽃망울도 동그랗다.

팔랑팔랑 산골의 하루

산골에서 받는 전화는 하루 평균 여섯 통 일곱 통. 주말이나 휴일은 이보다 뜸하다. 사람 뜸하고 말동무 뜸한 산골에서 전화마저 뜸하니 걸려오는 전화 한 통 한 통 반갑고 고맙다. 은행이나 우체국을 사칭한 보이스 피싱 전화도 더러 걸려오고 선거철엔 홍보성 전화도 걸려오지만 사람 음성을 들을 수 있단 면에선 그런 전화도 우선은 반갑다.

산골에 들어왔던 이십 년 전에도 전화는 반가웠다. 말 한마디 나누지 못한 날이 이틀에 하루, 사흘에 하루였으니 그 목마름이야 오죽했겠는가. 이틀이 지나고 사흘이 지나도 전화 한 통 오지 않는 날은 밤이 또 얼마나 스산하고 길었던지. 아는 사람 없는 산골이라서 말 나누지 못하고, 이사 오면서 번호마저 바뀌어 걸려오는 전화가 귀하던 그 시절. 잘못 걸려온 전화조차 반갑고 고마웠다.

오늘은 아침부터 전화가 걸려온다. 휴대폰에 뜨는 발신지는 '대가면사무소.' 내가 사는 산골 면사무소에서 걸려온 전화다. 전화자체도 반갑고 고마운 판국에 용건은 더 반갑고 더 고맙다. 집으로 들어오는 길목에 시멘트 포장공사를 할 텐데 물이 빠지는 배수구는 어떻게 처리하면 좋으냔 전화다. 불편한 게 한둘이 아니라서 오래전부터 '해야지, 해야지' 마음은 먹고 있어도 목돈이 들어 언감생심이던 포장공사라서 더 반갑고 더 고마운 전화다.

물론 편하게 살려는 마음으로 산골에 들어온 건 아니다. 하지만 집으로 들어오는 길목은 불편하기 그지없다. 차는 소형차도 다니지 못하고 차보다 폭이 좁은 경운기도 이리 틀고 저리 틀어야 간신히 다닌다. 산골 집을 고치던 십 년 전쯤 트럭이 들어오지 못해 모래며 자재를 일일이 등짐 져 날랐던 그 고생을 생각하면 들던 잠도 휑하니 달아난다.

비가 억수로 쏟아지면 도랑이 넘쳐 길목은 온통 물 범벅이 된다. 흙이 빗물에 씻기면서 길목에 드러난 배수구 금 간 파이프는 볼 때마다 애가 쓰인다. 길은 사유지. 옆집 대산댁이 주인이다. 땅은 공짜로 내줄 테니 포장은 알아서 하라지만 이리 쥐어짜고 저리 쥐어짜도 공사비 감당이 불감당이다. 언젠간 해야지 벼른 게 하마 십 년이다.

집을 고친 건 십 년 전쯤. 집에 오는 손님이 재래식 변소를 불편해하고 제대로 씻지도 못해서이다. 애초 계획은 화장실 겸 목욕탕 신축! 짓는 김에 부엌도 입식으로 바꾸고 방도 한 칸 더 늘리면서 큰 공사가 되고 말았다.

돈도 당연히 늘어났다. 이제 하면 평생 갈 거란 생각으로 조금 더 좋은 문짝 달고 조금 더 좋은 창문 달고 하면서 들어간 돈이 예상치에서 대여섯 배는 불었다. 게다가 장마철. 사나흘들이로 호우가 퍼부으면서 석 달이 다 돼서야 공사가 끝이 보였다. 집 공사도 근근이 마무리하는 마당에 당장 급하지 않은 길 공사는 뒤로 미룰 밖에 없었다.

전화를 건 면사무소 직원이 길 소유자 이름을 묻는데 바로 생각나지 않는다. '대산댁인데….' 이 말만 삼킨다. 앞집 아주머니 이름도 생각나지 않고 옆에 옆집 아주머니도 생각나지 않는다. 앞집은 대실댁, 옆에 옆집은 무슨 댁. 내가 사는 산골은 나 빼고 남자가 세 분, 아주머니가 일곱 분이고 아주머니는 모두 무슨 무슨 댁으로 불린다. 시집오기 전에 살던 마을을 이름 삼아 부른다. 일곱 분 중 한 분을 빼고는 다 바깥분을 여의고 산다. 평균 나이는 일흔이 넘는다.

돌아가신 바깥분을 나는 모두 안다. 옆집 대산댁 바깥분은 풍채가 좋았다. 풍채가 좋아 군대에선 행사나 행진할 때 깃발 들고 다니는 기수를 도맡았다. 내가 산골에 들어온 지 1년인가 2년 후 당뇨에 걸렸는데 보약 대신 철마다 개를 잡았다. 내장을 얻어먹곤 했다. 앞집 대실댁은 바깥분이 위암에 걸려 세상을 버렸다. 분무기를 빌려 썼다가 잃은 부속품을 되찾아드리지 못해 두고두고 마음에 걸린다. 눈빛이 깊었던 분이다. 옆에 옆집 바깥분은 잔정이 참 많았다. 술이 거나해지면 스무 살이나 어린 나를 "동상! 동상!" 했다. 타고 가던 네 발 오토바이가 뒤집히면서 병석에 들었다가 일어나지 못했다.

평균 나이가 일흔 넘는 아주머니 중 절반 정도는 여전히 논일 밭일을 한다. 고추 철이면 고추를 심고 배추 철이면 배추를 심는다. 장에 팔 정도는 아니고 며느리나 사위에게 나눠줄 고추고 배추다. 옆옆 앞집 할머니는 허리가 굽었다. 유모차를 지팡이대신 짚기도 하며 밀기도 하며 우리집 길목을 지나쳐서 밭으로 가는 뒤태가 묏등처럼 둥그렇다. 길목 돌부리에 유모차 바퀴가 채여 휘청이면 보는 사람 심사까지 휘청인다.

할매 죽고 할매 살던 오두막

밭이 되었다

호박밭이 되었다

할매밭에 여는 호박은

쭈그렁 호박

호박 무게도 할매 무게다

할매 할매 부르면

오두막을 가리는 모포

양옆으로 밀치고

얼굴 내밀던 할매

할매밭에 앉아

할매 할매 부르면

밭을 가리는 이파리

양옆으로 밀치고

호박이 한 덩이 두 덩이

할매 죽고 할매 살던 오두막

호박꽃이 피었다 졌다

오두막 알전구 같은

호박꽃이 피었다 졌다

<호박밭>

하루에 걸려오는 전화는 일고여덟 통. 많아도 열 통 넘는 날이
드물다. 좀 아쉽긴 하지만 견딜 만은 하다. 걸려오는 전화가 적다
는 건 나를 필요로 하는 사람이 적다는 말이다. 이해관계로 맺어
진 사람이 적다는 말이기도 하고 시급을 다투는 일에 매이지 않
는다는 말이기도 하다. 벚꽃 꽃잎이 바람에 나부껴 팔랑팔랑 날

려가듯 팔랑팔랑 지나가는 산골의 하루하루. 이해관계도 없이 급한 일도 없이 나부끼는 꽃잎 한 잎이 마당 평상에 둔 전화기로 떨어진다. 전화가 오면 화면에 꽃이 뜨는 사람! 그 사람인가 싶어 얼른 전화기를 연다.

염소똥, 고추밭에 뿌리다

올해 심은 고추 모종도 스무 포기. 매운 고추 안 매운 고추 절반씩 심는데 매년 스무 포기다. 마당에 딸린 텃밭이 좁은 탓도 있지만 천성이 게을러터져서 스무 포기가 적당하다. 조금만 소홀해도 고추 사이사이 고추보다 웃자라는 잡초들. 마을 아주머니들처럼 밭 한 뙈기 두 뙈기 죄다 고추를 심으면 봉두난발 잡초를 어찌 감당할까. 염천 땡볕에 쪼그려 엉금엉금 기며 잡초를 뽑는 일은 생각만 해도 땀범벅이다.

고추 심는 시기는 일정하지 않다. 아주머니들이 심으면 따라서 심는다. 아주머니들은 으레 감나무 새순이 날 무렵 심는다. 그러니까 몇 월 며칠 날짜를 잡아서 심는 게 아니라 감나무가 몸을 여는 시기에 맞추어 고추를 심는다. 나무가 몸을 열도록 하는 기운이 고추 심는 땅도 연다.

심기는 얼추 비슷하게 심었는데 내가 심은 고추는 올해도 부실하다. 아주머니가 심은 고춧대는 어른 팔뚝 굵긴데 내가 심은 고춧대는 아이 팔뚝 굵기다. 이파리는 누렇게 바래가고 꼿꼿해야 할 고추는 시들어 처진다. 제때 거름을 주어 땅 기운을 북돋워야 하거늘 저 알아서 크겠지 싶어 내버려 둔 탓이다. 보는 아주머니마다 한마디씩 거름을 친다. 소똥이든 사람 오줌이든 거름을 듬뿍 줘야 한다고. '땅심'을 살려줘야 한다고.

염소똥은 동글동글한 게 환약이다

이파리가 부실한 고추가

한 가마니 두 가마니나 복용하고

꽃은 피는데 열매를 맺지 않는 석류

진물이 나는 돌복숭도 복용한다

똥을 약이라고 생각하니

퍼 날라도 더럽지가 않고

퍼 날라도 막일이 아니다

<염소똥>

   손종세. 차를 타고 십 분 이십 분 거리 이웃 마을에서 염소를 치고 유기농을 하는 학교 후배다. 염소 이삼백 마리를 이십 년 가까이 키우며 염소똥을 거름으로 쓰는 자칭 염소 삼촌이다. 염소에 관해선 모르는 게 없다. 염소똥 묽은 정도를 보고서 무슨 병이 들었는지를 알고 염소가 내는 소리를 듣고서 염소가 처한 상황을 안다.

   후배는 용타. 내가 보기엔 이삼백 마리가 그놈이 그놈인데 후배는 한 마리 한 마리 일일이 가려낸다. 털색이나 눈빛, 뿔모양 등등으로 가려낸다지만 글쎄. 염소 마음 안에 들어가서야 비로소 가능한 일이지 싶다. 후배와 염소가 함께 있으면 사람과 염소로 보이는 게 아니라 사람과 사람으로 보이고 염소와 염소로 보인다. 둘 다 사람, 둘 다 염소로 있다가 내가 끼어들면 사람은 사람이 되고 염소는 염소가 된다.

   나는 이방인이다. 산골사람 된 지 20년이 돼서도 여전히 이방인이다. 고추 고작 스무 포기도 제대로 키우지 못하는 내가 어디를 봐서 시골 사람인가. 염소 삼촌 후배는 반푼수 농사꾼이라고도 자칭한다. 자신감을 바탕에 깔아야 자신을 무엇으로 자칭한다. 이십 년을 산골에서 지낸 이력으로 나도 하나쯤은 자칭하고 싶다. 온 푼수 또는 반반 푼수 산골사람이라고. 반푼수보다 온 푼수가 뒤지는 말인지 반반 푼수가 뒤지는 말인지 헷갈리긴 하지만.

염소똥은 염소를 빼닮은 후배에게서 얻어온 거름이다. 아니, 사람을 빼닮은 염소에게서 얻어온 거름이다. 그렇게 생각하니 똥이 똥으로 여겨지지 않고 막 만져도 더럽지가 않다. 후배 트럭으로 한 트럭 싣고 온 염소똥. 고추밭에 뿌리고 심은 지 십 년은 지난 석류와 복숭아나무에 뿌리니 땅심이 솟아올라 불끈거린다. 고추가 불끈거리고 석류와 복숭아가 불끈거리니 나까지 불끈거린다.

　　염소똥은 녹아서
　　고추의 뿌리까지 닿고
　　뿌리에서 다시 고추까지 닿을 것이다
　　석류의 뿌리에서 석류까지
　　돌복숭의 뿌리에서 돌복숭까지
　　염소똥은 살이 되고 힘이 되어
　　세울 것 꼿꼿하게 세우고
　　채울 것 딴딴하게 채울 것이다
　　세우고 채우면서 똥도 열매도
　　한 몸 한 덩이가 될 것이다
　　<염소똥> 중간

닿는단 건 좋은 일이다. 내가 너에게 닿아서 하나가 된단 건 좋은 일이다. 어딘가로 가고 있단 건 어쩌면 누군가에 닿고자 함이

아닐까. 누군가에 닿아 마침내 하나가 되고자 함이 아닐까. 거름은 자신을 녹여서, 자신을 완전히 지워서 뿌리에 가닿는다. 성도 남기지 않고 이름도 남기지 않고 오늘을 있게 한 평범한 사람들, 밑거름들. 염소똥처럼 자신을 녹이고 지워서 마침내 오늘에 닿은 그들이야말로 지고하다.

지금은 장마철. 자기 전에도 비가 오고 자고 나서도 비가 온다. 처마를 타고 내려 땅바닥에 닿는 빗소리에 잠이 들고 빗소리에 잠이 깬다. 잠들기 전에 염소똥이 녹아서 뿌리까지 닿았을 고추를 보고 깨고 나서 본다. 아침에 보고 저녁에 봤으니 달라져 봤자 얼마나 달라졌겠나마는 그래도 사람 마음이란게 간사해서 이파리가 달라 보이고 고추가 달라 보인다. 내 손이 한 번 더 간 만큼 마음도 한 번 더 가는 것. 그것이 내가 심은 모종에게 묘목에 살이 되고 힘이 된다. 종내에는 나에게 살이 되고 힘이 된다.

사람과 사람 사이도 그러리라. 손 한 번 더 가고 마음 한 번 더 가는 것, 그것이 사람과 사람 사이를 가깝게 하고 사람과 사람 사이 끈을 이어 간다. 지금은 나와 저 고추밭보다 사이가 멀어져 보이는 당신 당신 당신. 결국은 내 손이 한 번 더 가지 않았고 내 마음이 한 번 더 가지 않았다. 하지만 고추 순을 따내듯 마음의 순을 따내는 날 언젠간 있으리. 지금은 장마철. 아침저녁으로 들여다보는 고추가 파릇하다. 아침저녁으로 들여다보는 나까지 비 맞아 파릇하다.

> 그러고 보면 고추는 염소뿔을 닮고
> 석류는 돌복숭은
> 염소똥을 닮아 동글동글하다
> 혹시 알랴

한 입 두 입 베먹을 때면

매엠매엠 염소 우는 소리를 낼는지

<염소똥> 뒤

남향집

햇볕이 마루 중간쯤에 들어온다. 중간쯤에 볼펜을 놓는다. 햇볕은 머뭇거리다 볼펜을 넘어 더 안쪽으로 들어온다. 더 들어온 자리에 볼펜을 옮겨서 놓는다. 햇볕은 옮긴 자리에 한참을 머물다 왔던 곳으로 되돌아간다. 마루 중간쯤으로 갔다가는 축담으로 내려간다.

한여름엔 축담에서 더는 넘어오지 않던 햇볕이 겨울이 되자 승낙도 받지 않고 마루로 올라온다. 겨울이 지금보다 깊어지면 방까지 들어온다. 이런 걸 무어라고 해야 하나. 해가 길어졌다고 해야 하나 넉살이 좋아졌다고 해야 하나. 방까지 들어오니 길어졌다는 말도 맞고 무턱대고 들이닥치니 넉살이 좋아졌다는 말도 맞다.

어쨌거나 해가 낮아진 것만은 분명하다. 여름엔 높다랗게 떠다녀 마루에선 보이지도 않더니 겨울로 접어들면 마루에서도 일거수일투족이 다 보인다. 어디서 떠 어디로 지는지도 다 보이고 해가 빠른지 구름이 빠른지도 다 보인다. 어떨 때는 내 눈높이에 있어 만만하게까지 보인다. 해도 내가 만만하게 보이는지 마루에 눌러앉았다 간다. 불러만 주면 방까지 들어올 눈치다.

내가 사는 마을은 집이 모두 남향이다. 어느 집이라도 방문을 열면 창문을 열면 탁 트인 저수지가 눈에 들어온다. 앞이 트인 남향집이라서 햇볕이 잘 든다. 여름에도 잘 들지만 겨울엔 더욱 잘 든다. 더욱 잘 들어 방까지 든다. 따로 난방하지 않아도 따뜻하니 난방비를 아껴가며 사는 처지에선 방에 드는 햇볕이 고맙고 햇볕을 방에 들이는 남향집이 고맙다.

"이런 산골에 뭐 먹을 게 있다고 들어왔능교?" 둘러보면 앞도 뒤도 옆도 산인 깡촌. 어디로 가는지도 모르고 시집와선 사십 년 오십 년을 넘게 사신 마을 아주머니들은 이곳 풍경, 이곳 일상에 넌더리를 낸다. 좋은 풍경도 길어봤자 일 이 년. 늘 그게 그것인 일상에다 일은 흙일 막일이다. 더구나 일 년 열두 달 '쌔빠지게' 몸을 부려 봤자 푼돈만 만지는 산골생활이니 푸념이 어찌 안 나올까.

내 대답은 한결같다. 여기보다 경치 좋은 데가 세상 어디 있냐고. 여기처럼 물 좋고 공기 좋은 데가 어디 있냐고. 아주머니들은 거기엔 다 동의한다. 하모하모, 여기보다 경치 좋은 데가 어디 있냐고. 여기처럼 물 좋고 공기 좋은 데가 어디 있냐고. 도시 사는 자식들이 모시겠다며 도시로 나오라 해도 한 분도 나가지 않은 어실 아주머니들. 넌더리를 내고 푸념을 해도 말만 그렇지 세상천지 여기보다 좋은 덴 없다.

여기보다 좋은 데가 왜 없겠는가. 그렇게라도 자신이 처한 궁벽을 위안하려는 마음이다. 집이 남향이란 것도 위안이다. 말이 쉬워 남향이지 진종일 햇볕 한 뼘 들지 않는 집은 또 얼마나 많을 것인가. 햇볕 들지 않는 집에서 살아본 사람은 안다. 햇볕 잘 드는 집에 산다는 게 얼마나 큰 복인지. 집은 비록 허름해도 햇볕 받아 반짝이는 남향집. 얼마나 눈부신지.

"삼대가 공덕을 쌓아야 남향집에 살지요." 집에 처음 오는 분은 동서남북을 묻곤 한다. 방위를 물어 집이 들앉은 방향을 따져 본다. 국제신문 문화부 1박 2일 나들이를 집에서 한 적이 있다. 그 때도 방위를 묻는 말에 정남향이라고 대답하자 당시 기자로 일 하던 조해훈 시인이 건넨 덕담이 삼대 공덕이다. 남향집은 덕담 으로 외벽을 두른 집이다. 오는 분마다 집 좋다는 말은 아껴도 풍 광 좋다는 말과 집이 방향을 잘 잡았다는 말은 철철 넘친다. 덕 담으로 외벽을 둘러서 그런지 남향집은 언제 봐도 환하다. 구김 살이 없다.

고양이가 기억난다. 언제 봐도 순하고 구김살 없던 새끼고양이 두 마리. 햇볕 좋은 겨울날, 집 외벽에 기대앉아 햇볕을 쬐고 있 으면 쪼르르 달려와 내 곁에서 덩달아 햇볕 쬐던 고양이다. 내 곁 에서 방심이 되는지 꾸벅꾸벅 졸던 자태가 선하다. 고양이도 졸 고 나도 졸던 그 겨울. 고양이는 죽었는지 도둑고양이가 되어 산 으로 숨어들었는지 보이지 않고 그때 그 햇볕만 남아 마루를 넘 어오고 방까지 넘본다.

여름엔 마루도 넘지 못하게 하는 햇살을

겨울엔 방까지 들이는 남향집

집에도 마음이란 것이 있어

추운 날 내 집에 온 손님

몸은 녹이고 가라고 방까지 들인다

남자 혼자 지내는 방이 궁금한지

가만히 앉아있지 못해 햇살은

슬그머니 장판을 쓸어보거나

살금살금 돌아앉는 기척이다

몸이 다 녹았을 만도 한데
그만 일어서려는 눈치라곤 없이
있을 때까지 있어 보자는 심산인 겨울 햇살
그러거나 말거나
이왕 내 집에 들인 손님
있을 때까지 있어 보라는 심산인 남향집
<남향집>

　나는 사람을 방까지 잘 들이지 않는 편이다. 하룻밤 자고 갈 요
량으로 온 손님이 아니라면 마당에서 용무를 보거나 평상에 가벼
운 술상을 차린다. 마을 아주머니가 김장김치를 갖고 온다든지 이
런저런 일로 찾아와도 방에 들인 적은 손가락 꼽을 정도다. 남자
혼자 지내는 방을 보이고 싶지 않아서다. 나는 맡지 못하고 지내
도 방에 밴 남자 냄새는 좀 지독할까.
　여름은 좀 낫지만 환기를 제대로 못 하는 겨울은 냄새가 더 심
하다. 그런 사정도 모르고 내가 사는 집은 내 집에 찾아온 햇볕
을 다 받아들인다. 받아들이고는 가든 말든 천하태평이다. 별 용
무가 없이 찾아와서는 엉덩이 깔고 엉기적거려도 그만 가보시라,
면박하지 않는다. 햇볕은 있을 때까지 있자는 심산이고 집은 있
을 때까지 있으라는 심산이다.
　내가 집주인이면 엄하게 한 소리 진즉 했을 터이다. 나는 내가
사는 집이 내 것이 아닐지도 모른다고 생각한다. 내가 사는 날만
큼 머물다 가는 공소, 사는 날만큼 잠시 빌려 쓰는 공공장소라고
생각한다. 그래서 집을 비울 때도 방문을 열어두고 다닌다. 먼 곳
에서 불시에 들이닥칠 지인들을 위해.
　내가 주인이 아닐지도 모른다는 생각을 처음부터 하진 않았다.

옆 동네 염소 키우는 후배의 '이 세상에 내 것이라곤 없다'는 주의 주장에 홀린 탓이 크다. 이 말을 들으면 이 말이 맞고 저 말을 들으면 저 말이 맞는 얇은 귀 탓이기도 하다. 햇살도 내 것 아닌 것. 내 것 아닌 햇살과 내 것 아닌 남향집이 죽이 맞아 겨울을 난다. 보는 사람만 없으면 부둥켜안고 방에서 뒹굴 심산이다.

마루를 넓히다

어제도 춥고 오늘도 춥다. 잎을 죄다 떨군 마당 감나무는 얼어붙었는지 꼼짝을 않는다. 감나무에 앉은 두어 마리 텃새도 얼어붙은 모양이다. 소리가 **짹짹짹** 경쾌하게 들리지 않고 **쩍쩍쩍** 둔하게 들린다. 얼어붙은 위아래 부리를 간신히 벌리고서 내지르는 소리다.

어제도 춥고 오늘도 춥지만 하늘은 말갛다. 살아가면서 몇 번더 보려나 싶게 맑고 파랗다. 티 한 점 없다. 저런 하늘을 뭐라고 해야 하나. 쪽물에 사나흘 담갔다가 **쫙** 펼친 무명천이라고 해야 하나. 지금 이 순간 비가 온다면 파란 물이 뚝뚝 떨어지지 싶은 하늘이다.

마당엔 톱밥이 그득하다. 밟으면 발자국이 찍힐 정도로 수북하다. 마루공사를 하느라 나무를 자르고 갈면서 나온 톱밥이다. 나무판자를 잇대 마루폭 넓히는 공사에 나선 때는 지난 연말. 비좁아서 밥상을 가운데 두고 사람 넷이 둘러앉지 못하던 마루다. 해야지 해야지 하면서 20년을 미뤘다가 해가 바뀌기 전 마침내 해

치운 공사다.

　감나무가 있고 마당이 있는 내 집은 경남 고성 산골 마을 촌집. 부산 살다가 이사 온 지 올해 딱 20년째다. 이사 올 무렵 하루 두 번 다니던 버스는 지금 세 번 다니고 마을 사람은 열 명이 될까 말까. 다들 나이 지긋하고 몇 집 빼곤 혼자 산다. 적적한 마을에선 해도 적적해 이내 자리를 뜬다. 초저녁이 되기 훨씬 전인데도 앞산을 후딱 넘어간다.

　해가 넘어갈 즈음이면 집집에서 연기가 난다. 구들장을 덥히느라 나는 연기다. 연기는 꾸물대면서 쭈물대면서 밀려난다. 어제도 춥고 오늘도 추운 이 엄동에 누군들 한데로 내몰리고 싶을까. 이따금 탁탁 터지는 소리가 들린다. 대나무를 쪼개지 않고 통째로 태울 때 나는 소리다. 대나무를 쪼갤 기력마저 아껴야 할 만큼 연세 드신 분이다. 대 터지는 소리가 잦아들면서 산골 저녁은 적막에 들어간다.

　도시에서 살다가 산골로 들어온 이유는 순전히 풍광 때문. 나는 호수라 부르고 마을 어른들은 못이라 부르는 이곳 저수지! 여기 낚시왔다가 저수지가 내려다뵈는 남향 빈집을 덜컥 산게 산골생활 발단이다. 좌청룡 우백호 풍수는 아니지만 밤하늘 똘똘하고 큼지막한 별들을 어느 청룡 어느 백호가 따라잡을 텐가.

　싸게 산 집값도 산골에 정착한 이유 하나다. 본채와 아래채, 두 채나 딸린 삼백 평 남향집을 사면서 치른 돈이 고작 삼백만 원 남짓. 지니고 있으면 술값이니 뭐니 해서 야금야금 다 떨어져 나갈 돈으로 집을 샀으니 내가 생각해도 기특한 일이다. 장작불 한번 지피지 않고 낫질 한번 하지 않고 살아온 도시 사람이지만 무엇이 두렵겠는가. 삼백 평 내 집이 생긴 마당에.

　집은 허름해도 내 집이라 생각하니 볼수록 정이 든다. 서서 봐도 정이 들고 앉아서 봐도 정이 든다. 군데군데 갈라져 약한 모습을 보이는 흙벽에 정이 들고 숙이지 않으면 이마를 들이박는 낮은 문틀에 정이 든다. 문제는 마루. 누우면 무릎 아래가 들리고 손님이 와도 빙 둘러앉지 못하는 좁은 마루가 두고두고 마뜩잖았는데 20년이 다 되어 마침내 손을 댔다.

내 집이고 내 마루지만 내가 들인 공은 미미하다. 걸어서 한 시간 거리 옆 동네 후배가 마루 공사를 혼자 다 했다고 해도 맞는 말이다. 염소를 이삼백 마리 키우면서 염소똥으로 밭작물을 재배하는 후배는 나무 다루는 일에 일가견이 있다. 누구라도 엄지를 치켜세운다. 나무로 사람 사는 집을 짓고 나무로 염소 사는 집을 짓는다. 자재를 고르고 옮기는 일에서 마감까지 후배가 없었으면 이번 공사를 어찌해냈을까 싶다.

마루를 잇댄 판자는 후배가 살던 옛집을 뜯어고치면서 나온 마루판. 연화산에서 나온 홍송이다. 홍송은 적송 또는 참솔로 불리는 우리 소나무다. 쓰일 데 있겠지 싶어 따로 보관하다가 흔쾌히 내놓은 마음이 고맙다. 기둥 나무도 옛집에서 나온 홍송으로 고성 명산 연화산이 내 집에 들앉은 기분이다. 연화산이 내 안에 들앉은 기분이다.

자재를 들인다고 마루가 저절로 될까. 가로세로 치수를 재어 잘라내고 나무 면을 매끄럽게 다듬는 공구는 많기도 많다. 절단기며 엔진 톱이며 그라인더며 전기 대패며 게다가 나사못을 박는 드릴까지 공구 돌리는 요란한 소음에 옆집 대산댁이 보고 가고 앞집 대실댁이 무슨 일인고 보고 간다. 공구가 돌면서 마루판과 기둥이 치수에 맞춰 제자리 끼워지고 마루판과 기둥이 제 본래 나뭇결로 돌아간다. 마당에 그득한 톱밥은 마루판과 기둥이 제자리에 끼워지면서 제 본래 결을 되찾으면서 나무가 흩뿌린 나무의 분신이다.

넓어진 마루 가운데 밥상을 놓는다. 가운데 놓고서는 방 쪽에 앉아도 보고 처마 쪽에 앉아도 본다. 빙 둘러앉아도 될 만큼 넓어진 마루가 그저 흐뭇하다. 멀리서 손님이 오면 방 쪽에 앉혀 호수를 보게 하리라. 지쳤을지도 모를 심신을 호수에 잠기게 하리라. 누워도 본다. 다리를 쭉 펴도 자리가 남는다. 열대야가 극성일 한여름, 이보다 서늘한 잠자리가 또 어디 있을까. 달을 보다가 별을 보다가 중간에 깨지 않는 깊은 잠에 들리라.

어제도 춥고 오늘도 춥지만 하늘은 말갛다. 마루에 누워 하늘을 본다. 곰곰 되짚으면 더운 날보다 추운 날이 하늘은 더 맑고 더 파랗다. 얇게 언 얼음장을 통해 보는 사물이 그렇듯 더 깨끗하고 더 빛난다. 산골생활 20년. 지금 내 사는 모습이 좀 추워 보이면 어떤가. 좀 없어 보이면 어떤가. 하늘은 저렇게 말간데. 다리를 아무렇게나 펴도 될 만큼 마루는 넓어졌는데.

뻐꾸기 트럭

　뻐꾸기가 운다. 뻐꾸기 우는 철은 아카시나무 꽃 피는 늦봄에서 여름. 지금은 겨울도 한겨울, 울 철이 아닌데 운다. 뻐꾹뻐꾹 울다간 뜸을 들였다가 또 운다. 때아닌 뻐꾸기 소리에 까치는 눈알이 동그랗다. 전봇대 높다란 꼭대기 앉아 머리통을 이리 갸웃대고 저리 갸웃댄다.

　뻐꾸기 우는 소리가 가까워진다. 이 산 저 산 둘러싸인 산골. 메아리치듯 산을 울리며 마을을 울리며 가까워진다. 소리에 끌려 아주머니들이 마을 공터로 모여든다. 공터는 하루 세 번 다니는 버스가 돌아서 가는 곳. 뻐꾸기 소리도 여기서 멈췄다가 간다.

　소리는 트럭 확성기에서 나는 소리. 일용잡화를 싣고 장사 다니는 트럭이 호객하는 소리다. '뭐 사이소, 뭐 사이소' 외치는 대신 녹음한 뻐꾸기 소리를 튼다. 짐칸엔 칸칸이 칸을 지어서 과자니 사탕이니 주전부리에서 비누니 수세미니 없는 게 없다. 만물상이다. 값도 싸다. 대개가 천원 몇 장짜리다.

　저걸 얼마큼 팔아야 하루 일당이 나오려나. 버스가 돌아서 가는 구석진 마을까지 오는 기름값이나 건질까. 괜히 빚진 기분이다. 아주머니들도 비슷한 마음이다. 안 사도 될 걸 사고 하나만 사도 될 걸 둘이나 셋을 산다. 없는 게 없다곤 해도 없는 건 많다. 비닐 랩 사러 왔다가 없어서 비닐장갑 사는 아주머니. 흑설탕 사러 왔다가 황설탕 사는 아주머니. 나는 콩기름 식용유를 사러 나왔다가 뭘 살까 망설인다.

콩기름은 니스 대용이다. 지난 연말 나무를 잇대 넓어진 마루에 바를 요량이다. 끓였다 식힌 콩기름을 바르면 마루에도 좋고 사람한테도 좋다는 귀띔을 옆 동네 후배 부인에게 들었다. 나무에 흔히 바르는 니스는 화공품이니 맞는 말이다. 콩기름을 진작 두 차례 발랐어도 틈틈이 덧칠할 작정이다.

트럭 주인은 눈빛이 그윽하다. 그윽해서 멀리 보는 눈빛이다. 돈 벌자고 나다니는 눈빛이 아니고 이 산 저 산 산천경개 유람 다니는 눈빛이다. 본 적은 없지만 뻐꾸기 눈빛이 저렇지 싶다. 새소리 나는 트럭을 타고 다니면서 하루하루가 유람일 사람. 마음 깊숙한 곳에 새를 품고 있을지 모를 일이다. 마음 깊숙한 곳이 새가 되었을지도 모를 일이다.

만물상 트럭이 찾아다니는 겨울 산골은 심심하다. 사람이 귀해서 심심하고 논일 밭일이 뜸해서 심심하다. 마을 아주머니들은 앞집 대실댁 햇살 잘 드는 대청에 두 분 세 분 모여 심심을 달랜다. 대청은 새시 유리문을 달아서 말 그대로 온실이다. 온실에서 피는 이야기꽃에 방울방울 수증기가 맺힌다.

햇살을 받아 아주머니들 얼굴이 환하다. 파릇하다. 제철을 맞은 '마늘쫑' 같고 비닐하우스에서 가꾸는 물방울 맺힌 둥굴레 이파리 같다. 내가 가면 귀한 남정네 납셨다고 손도 잡아주고 술상도 봐준다. 엉덩이 들이밀고 되는 말 안 되는 말 한 보따리 풀면 그렇게들 좋아한다. 아주머니들은 한 분 빼고 혼자서 산다. 심심산골이라 객지 나간 아들딸이 짬짬이 찾아오기도 수월찮다. 말이 그립고 말동무가 그리울 수밖에 없다.

난들 별다르지 않다. 산골에 이사 와 처음 언젠가는 며칠이나 말을 못 듣고 못 했다. 사람 목소리가 듣고 싶어서 생각한 게 전화 수화기 오래 들고 있기다. 수화기를 들고 몇 분 지나면 '다이얼이 늦었으니 다시 걸어주세요' 안내음성이 나온다. 같은 음성을 서너 번 되풀이해서 들으며 목소리 허기를 채웠다. 그때보단 나아졌지만 사람 목소리는 지금도 반갑고 고맙다.

말동무가 그리운 아주머니들은 표정부터 선하다. 바라는 게 소박한 사람은 표정이 선하지 않던가. 동무가 그리우니 담장 밖으로 곧잘 선한 얼굴을 내민다. 아는 사람이 지나가면 손사래 쳐서 오라 그러고 낯선 사람이 지나가면 무슨 일로 찾아왔는지 캐묻는다. 뻐꾸기 소리를 내는 뻐꾸기 트럭에 끌려 마을 공터로 모여드는 까닭도 무얼 꼭 사려고 해서가 아니라 말을 나누고 싶어서다. 마을엔 연세 지긋한 분뿐이다.

환갑을 지낸 지 5년 되는 옆집 대산댁이 가장 젊다. 그 위론 한 분 빼고 일흔을 훌쩍 넘긴 연세다. 내년을 장담 못 하고 후내년을 장담 못 하는 연세에 다다른 분들. 젊은 사람이 들어오지 않으면 내년을 장담 못 하고 후내년을 장담 못 하는 마을이 된다.

노인뿐인 마을은 뻐꾸기가 울면 깨어난다. 트럭이 날려 보낸 새가 집집을 기웃대면서 울면 잠귀 밝은 노인이 깨어나고 잠귀 밝은 마을이 깨어난다. 표정 선한 노인과 그런 노인이 사는 표정 선한 마을. 노인을 깨우고 마을을 깨워서 놀러 가자며 부추기는 사발통문이 뻐꾸기 소리고 뻐꾸기 트럭이다.

짐칸에 실린 잡화는 깔끔하다. 시골길을 다니면 달라붙는 먼지가 만만찮을 텐데 자주 털어내는지 윤이 난다. 윤이 나면서 포동포동한 과자봉지 사탕봉지를 가슴팍에 안은 아주머니. 뻐꾸기 몸통도 저렇게 윤이 나면서 포동포동하리라. 과자를 베물면 사탕을 깨물면 뻐꾸기 소리가 나리라. 머물 만큼 머문 트럭이 시동을 건다.

해는 속도를 늦추지 못해 곧 산을 넘어갈 기세다. 해가 넘어가면 뻐꾸기 소리 잠잠해진 마을을 산그늘이 덮으리라. 집집 굴뚝에서 솟은 흰 연기는 깃발처럼 펄럭이며 산그늘과 맞서리라. 산모퉁이 돌아간 트럭이 뻐꾸기 소리를 낸다. 뻐꾹뻐꾹 울어대며 내년을 장담 못 하고 후내년을 장담 못 하는 마을에서 멀어진다 .

해가 길어지다

해가 어제 다르고 오늘 다르다. 하루가 다르게 길어진다. 해의 길이는 낮의 길이. 낮은 하루하루 길어지고 밤은 하루하루 짧아진다. 동지섣달이라면 어둑해졌을 시각인데도 해는 말똥말똥하다. 어지간해선 물러날 기색이 아니다.

며칠 있으면 춘분. 밤과 낮 길이가 같다는 날이다. 춘분이 지나면 밤보다 낮이 길어진다. 밤과 낮은 슬기롭다. 밤이 길면 밤이 양보해 밤낮 길이를 맞추고 낮이 길면 낮이 양보해 길이를 맞춘다. 서로 양보하면서 접점을 찾는다.

봄이다. 산골 매화가 꽃망울을 터뜨리는 초봄이다. 나는 해 중에서 초봄 해를 좋아한다. 강단지지 않고 어중간해서 좋아한다. 춥지도 않고 덥지도 않은 해가 초봄 해이며 짧지도 않고 길지도 않은 해가 초봄 해이다. 자기를 내세우지 않는 푸근함. 그 푸근함을 좋아한다.

초봄 해는 달로 치면 반달쯤 된달까. 반달이 온전히 찬 달도 아니고 온전히 기운 달도 아니듯 초봄 해 역시 온전히 긴 해도 아니고 온전히 짧은 해도 아니다. 해는 달과 닮은 면이 있다. 달이 차고 기울면서 살아가야 할 자세를 가다듬게 한다면 해는 길어지고 짧아지면서 가다듬게 한다.

살아가면서 겪는 밝거나 어두운 날들. 때로는 밝은 날이 길고 때로는 어두운 날이 길다. 그러나 밝은 날이 길다고 해서 언제까지나 길지는 않고 어두운 날이 길다고 해서 언제까지나 길지는 않다. 지금 내 사는 모습이 마냥 밝다고 낙관만 할 이유도 없고 마냥 어둡다고 비관만 할 이유도 없다. 밝은 날도 어두운 날도 일방적으로 길거나 일방적으로 짧지 않음을 해는 보여준다.

초봄 해 푸근함에 끌려 마당에서 어정댄다. 대나무로 엉성하게 울타리 친 꽃밭을 보고 아무렇게나 자란 냉이 달래를 만진다. 해가 길어지는 만큼 꽃도 나물도 길어진다. 손톱 길이에서 손가락 길이가 되고 손가락 길이에서 손바닥 길이가 된다. 향내를 맡으면 아기 젖내가 난다. 옴지락대는 봄에서 나는 젖내다. 젖내가 진동하는 봄이다.

젖내에 취하면 나른하다. 잠이 몰려온다. 마당 햇살 잘 드는 곳에 등받이 의자를 놓고 잠을 받아들인다. 햇살은 해가 쏘아대는 화살. 햇살 화살은 피해 낼 재간이 없다. 젖내에 취해 햇살에 맞아 고개 끄덕끄덕 조노라면 잠생각이 끊긴다. 나를 친친 감던 이 생각 저 생각 잡생각의 오랏줄이 툭 끊기면서 몸도 마음도 풀린다.

의자에 앉아 조는 잠은 노루잠. 깊은 잠이 아니라서 눈을 감아도 웬만한 소리는 다 들린다. 태우지 않아 바싹 마른 낙엽이 구석에서 구석으로 몰려다니는 소리. 내 집과 옆집 사이 도랑을 따라 산물이 흐르는 소리. 새끼 찾는 소 울음소리. 젖을 뗀 송아지가 팔리면 어미 소는 사흘 밤낮을 운다. 목이 쉬어도 운다.

울어서 목이 쉰 소가 또 운다

사흘을 울던 소가

밤에도 울고 낮에도 운다

젖 빨던 새끼를 찾아 운다

젖 떼자 팔린 새끼를 찾아 운다

웃는 얼굴을 보인 적이 없어

감정이 있겠나 여긴 소가

사흘을 울고도 모자라서

밤에도 울고 낮에도 운다

사흘을 울고도 모자라서

제가 사는 집을 들이받는다

제 성한 몸을 들이받는다

어디 있는 줄 안다면

문짝 박차고 나갔을 소가

제 몸에서 난 새끼

어미 우는 소리 듣고 찾아오라고

앉지도 않고 눕지도 않고 운다

목이 쉬어서

힘에 부쳐서

한 번은 길게 울고

한 번은 짧게 운다

<소>

　요즘은 소를 대하기가 민망하다. 면목이 없다. 자고 일어나면 땅에 파묻히는 소들. 구제역을 막는답시고 마을 초입에 뿌린 석회가루가 소 유골 뼛가루 같다. 말 못 하는 짐승이라고 감정이 없을

까. 내 배 아파 낳은 새끼가 품을 벗어나면 사흘 달아서 울어대는 소다. 구제역 말이 나오면 사람도 꿈쩍꿈쩍 놀라는 판에 당사자인 소는 오죽할까. 소가 또 운다. 잠이 멀찍이 달아난다.

마당에서 졸다가 깨면 세상이 가늘게 보인다. 침침해서 눈을 가늘게 뜬 탓이다. 높은 산이 가늘게 보이고 넓은 호수가 가늘게 보인다. 높지도 않고 넓지도 않은 나는 하물며 얼마나 가늘게 보일까. 돌담도 가늘게 보이지만 실제로 가늘다. 마당에서 보면 달랑한 줄뿐인 돌담이다. 돌을 얹어 높이려고도 했지만 힘은 부치고 일머리는 모자라 내버려 둔 지 10년이 넘는다.

슬슬 한기가 든다. 의자에서 일어나 몸을 움직인다. 목을 움직이고 팔다리를 움직인다. 돌담에 웅크려서 졸던 점박이 고양이 녀석도 기지개를 켠다. 주둥이는 쫙 벌리고 네 다리는 쭉 편다. 내가 마당에서 졸면 녀석은 햇살 받아 따뜻한 돌담에서 존다. 내 집 고양이는 아니지만 내 집을 대놓고 들락댄다. 그래도 제 몸은 못 만지게 한다. 다가가면 다가간 만큼 물러나고 내가 물러나면 물러난 만큼 다가온다. 만지지 못하는 고양이나 만지지 못하는 해나 무엇이 다르랴.

해는 얄밉다. 살가운 맛이 없다. 하루 이틀 보는 사이가 아니건만 품에 안기는 맛이 없다. 그래도 믿는 구석은 있다. 안기지는 않더라도 언제 어디서나 나를 따뜻하게 대하리란 걸. 하루가 다르게 길어지면서 함께 보내는 시간이 늘어나리란 걸. 해도 눈빛이 있고 표정이 있으리라. 눈빛을 보려고 표정을 보려고 해를 응시하는 아주 짧은 순간 내 눈에 눈물이 비친다. 눈물은 산 자만이 누리는 은혜이기에 해는 얼마나 은혜로우냐.

내가 살아온 날들. 그리고 살아갈 날들. 밝은 날이 있을 테고 어두운 날이 있을 테다. 밝은 날도 어두운 날도 내가 감당했고 감당

해야 할 몫. 살아온 날들은 그렇다 치고 앞으로 살아 갈 날들은 밝은 날이 어두운 날보다 길기를 바라는 마음이다. 그게 욕심이라면 최소한 같으면 좋겠다. 며칠 지나면 밤과 낮 길이가 같아진다는 춘분. 내가 살아갈 날의 밤과 낮 길이도 최소한 같아지면 좋겠다.

겨울 논

논이 넓어 보인다. 벼를 말끔히 벤 논이다. 빈 논 여기저기 새가 몰려다닌다. 아기 주먹 같은 새가 몰려다니며 논바닥을 쫀다. 먹을 게 있을 때 한껏 먹어두자는 요량인지 벼 이삭을 목울대로 넘기기도 전에 쪼고 또 쫀다.

논은 넓어도 보이지만 가벼워도 보인다. 물기를 뺀 논이고 무게를 뺀 논이다. 논을 채우던 논물은 얼마나 무거웠으며 논물이 받치던 벼의 무게는 또 얼마나 무거웠을까. 물기 빼고 무게 뺀 논이 허허롭다. 허허다.

논의 허허한 심사를 달래려는 걸까. 억새는 길쭉한 허우대를 잠시도 가만히 두지 않고 까닥댄다. 싱겁다. 키가 커서 그렇지 생기기는 영판 벼다. 논에서 자라는 벼나 논둑에서 자라는 억새나 속이 없기는 매한가지다. 속없는 것이 속없는 것을 달래는 상련, 동병상련이 보는 사람 마음을 더 허허롭게 한다. 정말이지 허허다.

저수지는 만수다. 수면이 더이상은 높아지지 않을 만큼 물이 찼다. 논이 물 달라고 보채지 않으니 가득차는 게 당연하다. 지금 있는 데보다 낮은 데로 기꺼이 스며드는 스밈의 저수지고 나를 낮추어 남을 높이는 굴신의 저수지다. 수면은 고요하다. 좌정에 들어선 듯하다.

두루미로 보이는 새가 저수지 수면을 박차고 날아오른다. 논과 맞닿은 저수지 가장자리에 몸을 감추다가 인기척이 들리자 자리를 박찬 새다. 저수지 좌정이 순식간에 흐트러진다. 물방울이 튀고 파문이 인다. 좌정을 깨트려서 무안한 새는 뒤도 돌아보지 않고 저수지 반대쪽 저 멀리 내뺀다.

두루미 새를 보면 한 장면이 기억난다. 지난여름 논에서 개구리를 낚아채고 날던 장면이다. 부리에 뒷다리 하나가 채인 개구리는 나머지 다리를 바동대지만 용만 쓸 뿐이다. 용을 쓰느라 갈퀴를 쫙 벌린 발가락! 찰나에 나와 마주친 개구리 동그란 눈알! 방금 본 두루미 새가 그때 그 새는 아니리라. 그러나 어느 두루미를 보더라도 그때 그 장면이 겹쳐진다.

논을 걷는다. 논물이 찼을 때는 걷기는 물론이고 들어갈 엄두도 나지 않던 논이다. 발바닥에 닿는 감촉이 축축하다. 물은 죄다 빠지고 말랐어도 물기의 기억은 온전히 남아 있는가. 사람도 그러리라. 기억에 스민 물기는 온전히 남아 인생 뒷부분을 축축하게 적시리라. 싹둑싹둑 잘려 밑동만 남은 벼들은 어찌 보면 할 말이 많은 표정이고 어찌 보면 할 말을 다 하고 평온을 얻은 표정이다.

논에는 짚단이 쌓였다. 비나 서리 맞아서 삭지 말라고 비닐이 쳐졌다. 나락 털어낸 벼 줄기를 들고 다니기 좋도록 한아름 묶은 게 짚단이다. 쓰이는 데가 많아 트럭 한 대 분량씩 팔기도 한다. 나락 달린 짚단이 돈이 된단 걸 안 건 초등학교 다닐 무렵이다. 형제애가 남달라 형은 형 짚단을 동생 짚단에, 동생은 동생 짚단을 형 짚단에 밤새 얹었단 동화가 교과서에 실렸다.

여름과 가을 사이, 큰형이 돌아가셨다. 아버지를 일찍 여의어서 동생들에겐 아버지 같던 형이다. 형 나이 쉰 중반. 갑작스러운 타계라서 비통한 마음이다. 돌아가시기 몇 년 전부터 척져 지내서 더 비통하다. 지금 내 짚단 많은 부분은 나 모르게 형이 얹은 짚단. 나는 왜 형 짚단에 내 짚단을 얹으려고 하지 않았던가. 논 가운데 짚단을 한바퀴 돈다. 탑을 도는 심정이다.

논은 새가 몰려다니던 논. 새가 쪼아대던 자리에 이삭이 드문 드문 보인다. 이삭은 잔가시 털이 나서 깔끄럽다. 깔끄러운 이삭 한 톨도 지극정성으로 받들던 시절은 그리 오래된 과거가 아니다. 우리 부모 세대가 그랬고 우리 형 세대가 그랬다. 참새마냥 논에 달라붙어 이 사람 저 사람 눈치 볼 겨를도 없이 한 톨 한 톨 이삭을 쪼아대던 고단함이여. 죽 한 끼, 밥 한 끼에 담긴 지극정성이여.

이삭을 주울 만큼 줍는다. 쪼그린 무릎이 시리고 구부린 허리가 뻐근하다. 이 정도 정성 없이 어찌 죽 한 끼, 밥 한 끼 분량을 모을까. 내가 줍는 이 이삭이 바로 햅쌀. 갓 나온 햅쌀로 지은 밥은 오죽 차질까. 차진 밥을 지어서 나를 나보다 끔찍이 생각하던 모든 당신들 밥상에 올리리라. 금방 지은 따뜻한 밥 한 그릇 당신과 겸상하며 속에 담았던 말, 하고 또 하리라. 사랑했노라고. 사랑하노라고. 사랑하리라고.

　　　금방 지은 따뜻한 밥 한 그릇

　　　나를 먹이려고 상에 올리네

　　　왼쪽에 밥그릇 오른쪽에 국그릇

　　　짝을 맞춘 젓가락 숟가락을 사이에 놓네

　　　어쩌다 한 번쯤은 두 번쯤은

　　　나도 나에게 잘 먹이고 싶네

　　　금방 지어서 김이 나는 밥

　　　목이 메게 먹이고 싶네

　　　나를 목메게 하고 싶네

　　　나를 나처럼 생각하던 사람

　　　평생에 한 번쯤은 두 번쯤은

　　　같이 밥 먹고 싶네

젓가락 숟가락 짝을 맞추고
많이 먹어라 먹고 더 먹어라
목이 메게 먹이고 싶네
내가 목메고 싶네
<밥 한 그릇>

논 한가운데 서니 내가 꼭 무슨 벼 같다. 무슨 벼 이름을 붙일
까. 몇 정도는 알아도 이거다 싶은 이름은 딱히 떠오르지 않는다.
지금은 동짓달. 엄동이라 하기엔 일러서 햇살이 포근하다. 햇살
은 햅쌀. 햇살을 제 안으로 받아들여 비로소 햅쌀이 된다. 내 손
바닥에 놓인 이삭은 햅쌀이면서 햇살이다. 햅쌀 한 톨 놓칠세라,
햇살 한 톨 놓칠세라 오므린 손아귀에 힘이 들어간다. 내가 벼다.

벌집 한 채

"아이고야!" 가스통 배달직원이 비명을 내지른다. 비명이 짧고 다급하다. 무슨 일인가 싶어 종종걸음으로 달려간다. 가스통 있는 곳은 부엌 창문 아래. 창문으론 집 뒤 대밭이 보인다. 그러니까 촌집 뒤란에 가스통이 있다.

배달직원은 잔뜩 움츠린 자세다. 가스통 손잡이를 양손에 움켜쥔 채 고개는 가슴팍에 딱 붙이고 양어깨는 맞닿을 정도로 오므렸다. 비명을 내지르게 하고 움츠리게 한 건 말벌. 벌집을 건드렸는지 말벌이 달려든다. 어른 엄지손가락은 돼 보이는 말벌이 두엇 놈은 머리털에 앉았고 몇은 머리 위를 기세등등 맴돈다.

그중 한 놈이 팔뚝에 붙는다. 목에 감은 등산수건을 그놈에게 휘두르자 나에게도 달려든다. 더러 쏘여 생고생했기에 마당으로 얼른 내뺀다. 배달직원도 나를 따라서 내뺀다. 배달직원은 뒷머리가 쏘였고 나는 수건을 휘두르다 손등이 쏘였다. 쏘인 자리가 부어오른다.

냉장고에서 콜라를 꺼내온다. 벌 쏘인 자리에 바르면 좋다는 말을 들어서 마시고 싶을 때도 꾹 참고 아껴둔 콜라다. 배달직원은 쏘인 자리에 들이붓는가 싶더니 단숨에 마신다. 그리곤 밀짚모자와 에프킬라와 라이터를 달란다. 촌집에 배달 다니면서 이런 일엔 이력이 붙은 낌새다. 벌집을 그냥 두면 안 되니 태워서 없애겠단다.

고마운 마음에 달란 것을 챙긴다. 하지만 뒤란에 들어간 직원은 머쓱한 표정으로 나온다. 벌집을 집 안에 지은 바람에 찾지를 못해서다. 새 가스통은 연결했다며 빈 통을 들고 나선다. 고맙던 마음이 복잡해진다. 벌집이 내 집 안에 있다니! 이 일을 어쩌나. 한 마리만 윙윙거려도 불안한데 벌집을 통째로 내 집에 두다니.

정말인가 싶어 말벌 동태를 살핀다. 멀찍이 떨어져서도 살피고 부엌 창문 가까이 가서도 살핀다. 정말이다. 가스통을 놓아둔 집 뒤 처마로, 그러니까 지붕과 처마 사이 틈으로 말벌이 드나든다. 그 틈으로 드나들면서 자기들 살 집을 지은 모양이다. '집 지을 데가 넘치는데 하필이면 내 집이냐.' 속은 부글대지만 꾹 참을 수밖에. 마음속에 벌집 한 채 짓고서 하루에도 몇 번씩 참을 인을 꾹꾹 눌러쓰는 요즘이다.

통유리

진작 이럴걸. 속이 다 시원하다. 마루를 통하지 않고 부엌문으로 안방 출입이 가능해서 촌집 마루에 통유리를 단 지 1년 남짓. 값이 만만찮아 미루기도 제법 미뤘고 망설이기도 제법 망설인 통유리 달기였다. 하지만 막상 다니 잘했단 생각이다. 진작 달지 않아서 후회될 정도다.

통유리 너머로 보이는 바깥 풍경들. 백내장 수술을 받은 듯 훤하다. 다 떨어지고 남은 마당 감나무 홍시가 몇인지 훤하게 보이고 이파리가 몇인지 훤하게 보인다. 어떤 이파리는 평상심을 얻어 수더분하게 떨어지고 어떤 이파리는 속에서 무엇이 꿈틀대는지 제 몸을 비틀어대며 떨어진다.

내가 사는 곳은 산골이라 모기도 많고 춥기도 춥다. 그래서 마루 통유리는 방충도 하고 방한도 한다. 통유리 이전에 방충과 방한을 도맡은 건 모기 방충망과 보온비닐. 여름엔 방충망을 치고 겨울엔 비닐을 쳐서 나를 지켰다.

방충망도 고맙고 비닐도 고맙다. 산골생활은 올해로 만 20년.

그들이 나를 지키지 않았다면 20년 낮과 밤이 얼마나 부어오르고 얼마나 추웠을까. 그러나 사람 마음은 간사해서 고마워하는 만큼 불만도 커졌다. 통유리는 어쩌면, 내 안에서 다스리지 못하고 밖으로 뛰쳐나간 불만의 색안경일는지 모른다.

불만의 뿌리는 똑같은 수고를 매년 되풀이한다는 것. 비닐을 걷고 방충망을 치고, 방충망을 걷고 비닐을 치고. 걷는 게 귀찮아 방충망 처진 그대로 비닐을 친 적도 여러 번이다. 상상해 보라. 안 그래도 우중충한 비닐에 방충망마저 겹쳤으니 그것을 통해 바라보는 우중충한 바깥 풍경을. 백내장 끼인 듯 뿌연 풍경을.

생각해 본다. 나와 바깥 사이엔 무엇이 쳐졌는지. 나의 삶 어느 시점에선 방충망이나 비닐이었겠고 어느 시점에선 통유리였겠다. 그것이 무엇이든 그것은 바깥에서 나를 지켰다. 그렇다고 하더라도 바깥을 훤하게 보여주면 좋겠다. 내 안에 있는 당신. 당신은 안에 있고 나는 바깥에 있다. 당신과 나 사이에도 그 무엇이 쳐졌으리라. 그 무엇이 쳐진 속내야 어떻든 바깥을 훤하게 보여주면 좋겠다. 당신에게 나를 훤하게 보여주면 좋다.

빗소리

지금은 새벽 네 시 반. 가을비가 장하게 내린다. 누워서 빗소리를 듣는다. 빗소리에 집중하느라 라디오는 끈 상태. 마루 쪽문을 열자 빗소리는 더 가까이 들린다. 콧날을 차갑게 하는 새벽 한기. 빗소리도 콧날이 차가운지 쪽문을 밀치며 안방으로 몰려든다.

빗소리는 동글동글하다. 구슬의 소리다. 기다란 목걸이가 줄이 터지면서 잇달아 떨어지는 구슬이 내는 소리가 빗소리다. 구슬은 손으로 주워 담고 빗소리는 귀로 주워 담는다. 손을 오므리듯 귀를 쫑긋대며 톡톡 튀는 빗소리를 주워 담는다.

빗소리는 딱 두 가지. 하늘에서 곧바로 떨어지는 소리가 있고 어딘가 닿았다 떨어지는 소리가 있다. 곧바로 떨어지는 소리는 비장하다. 입술 꼭 깨물고 떨어지는 소리다. 어딘가 닿았다 떨어지는 소리는 한결 온화하다. 양팔을 벌려 받쳐주고 싶은 소리다.

처마로 비가 떨어진다. 빗소리가 떨어진다. 지붕에 닿았다 떨어지는 소리라서 온화하다. 캄캄한 새벽만 아니라면 처마 아래 손바닥 쫙 펴서 빗소리를 받고 또 받으리라. 목걸이에서 터진 동글동글한 빗소리가 손바닥을 간질이고 손바닥 오므려 웃을 일 별로 없는 나를 간질이고 또 간질이리라.

빗소리가 멀어진다. 멀어졌다간 가까워진다. 서너 걸음 멀어졌다간 두어 걸음 가까워지고 네댓 걸음 멀어졌다간 서너 걸음 가까워진다. 그러면서 차츰차츰 멀어진다. 사랑도 그런 걸까. 서너 걸음 멀어졌다간 두어 걸음 가까워지고 네댓 걸음 멀어졌다간 서너 걸음 가까워지는 걸까. 그러면서 차츰차츰 멀어지는 걸까.

더 멀어지기 전에 마루에 나가 앉는다. 캄캄하다. 보이는 거라 곤 윤곽뿐. 마당 감나무가 윤곽만 보이고 앞산이 능선만 보인다. 감나무 기둥도 산 능선도 선이 순하다. 뜻밖이다. 곧은 직선인 줄 알았는데 군데군데 굽거나 휘었다. 온전히 보일 때는 온전히 보지 못하다가 온전히 보이지 않을 때 온전히 본다.

빗소리가 저 멀리 멀어지면서 쪽문으로 들어오는 빗소리는 뜸하다. 들어온 소리마저 빠져나간다. 빠져나가지 못한 소리이나마 붙잡으려고 쪽문을 닫지만 이미 늦은 일. 잠 다 깨우고 멀어진 빗소리가 야속타. 아래채 처마에 매단 청동 물고기 풍경이 탕탕 운다. 내 야속한 가슴을 탕탕 친다.

평상에 눕다

구름은 물살. 배가 가르는 물살처럼 나타났다간 사라진다. 배에
아는 이라도 탔는지 대나무는 섬섬옥수 이파리를 흔든다. 한 나
무가 흔들자 다른 나무가 따라 흔든다. 구름이 사라지거나 말거
나 나무가 흔들거나 말거나 천왕산 꼭대기는 근엄하다. 고성에서
가장 높다는 산답다.

나는 지금 큰 대(大) 자다. 양팔 양다리를 뻗어 마당 평상에 누웠
다. 보이는 거라곤 하늘과 산과 대나무와 지붕. 평상은 큼지막하
다. 술상을 차려서 장정 열댓 명이 둘러앉아도 될 만큼 넓다. 대
신에 마당 절반을 차지해 마당 꽃나무도 연못도 평상에 가려 통
빛을 못 본다.

평상을 짠 건 작년 봄. 옆 동네 사는 후배가 도맡고 그 옆 동네
친구가 거들어 짠 평상이다. 내가 사는 어실마을은 쉰 초반인 내
가 제일 젊다. 그다음이 몇 년 지나면 일흔 되는 옆집 대산댁이다.
힘쓸 만한 사람이 없어 후배와 친구가 맞잡지 않았다면 짤 엄두
를 내지 못했을 평상이다.

평상 기둥 나무는 지름이 맷돌 굵기다. 기둥 나무는 고성 연화
산 참솔. 간벌하느라 벤 나무가 내 집에 와서 기둥이 되었다. 바
닥재는 방부목이라 물기와 습기에 강하다. 사나흘 빗줄기쯤 끄떡
도 않고 서리니 이슬이니 꿈쩍도 않는다. 세로 12자 방부목을 토
막 내지 않고 그대로 이어서 쓴 덕분에 큼지막한 평상이 되었다.

나는 여전히 큰 대. 벌건 대낮 대 자로 뻗는 여유도 복이라면 복
이다. 볕은 따갑다. 따갑다곤 해도 가을볕이다. 며느리 주지 않

고 딸 준다는 볕이다. 이참에 나를 말리자. 식은땀 축축한 이불을 말리듯 곰팡내 눅진한 장롱을 말리듯 나를 말리자. 나는 이불보다 눅눅하고 장롱보다 눅눅하리라. 살아온 날이 그것들보다 기니 분명 그러리라.

눈을 감는다. 가을볕이라도 맨눈으로 받아내기엔 역부족이다. 눈을 감으면 들리는 소리들. 어떤 소리는 내 밖에서 들리고 어떤 소리는 내 안에서 들린다. 어떤 소리는 산발적이고 어떤 소리는 리듬을 탄다. 이 소리도 저 소리도 내 몸을 경계로 서로가 서로를 받아들이거나 밀쳐낸다. 받아들이거나 밀쳐내는 그 중심에 내가 있다. 나는 대 자다.

윤슬

저건 백금일 터. 순은일 수도 있겠다. 햇빛이 반사돼 반짝이는 저수지 수면. 반짝임은 은은하면서 가냘프다. 칼로 치면 은장도라고나 할까. 저수지는 은장도를 품에 지녔을 여인의 자태다. 무릎을 세우고 앉은 맵시가 다소곳하다.

내가 사는 산골 집은 마을 가장 뒤, 가장 높은 지대에 있다. 방문을 열면 마을이 훤하게 보인다. 어느 집 굴뚝에서 연기가 올라오는지 훤하게 보이고 버스에서 누가 내리고 타는지 훤하게 보인다.

저수지는 앞집 대실댁 빨간 지붕 너머로 내려다보인다. 새벽 물안개가 끼었는지 보고 철새가 왔는지 본다. 아침저녁으로 콧날이 얼어붙는 요즘 햇빛은 보기만 해도 훈훈하다. 저수지 수면에 반짝이는 햇빛을 담으려고도 본다.

반짝임이 밀려온다. 저수지 건너편에서 내가 있는 이쪽으로 물결이 밀려오고 물결이 밀려오면서 반짝임도 밀려온다. 한 반짝임이 다른 반짝임 잔등을 떠미는 것 같다. 다른 반짝임은 또 다른 반짝임을 떠밀어 저수지 수면은 일직선으로 길쭉하게 반짝인다. 백금 가락지를 쭉 편 것 같고 순은 가락지를 쭉 편 것 같다.

가락지는 달 밝은 밤엔 순금이 된다. 달빛이 반사돼 순금가락지를 편 듯 반짝인다. 햇빛 반짝임은 살갗을 콕콕 찌르고 달빛 반짝임은 마음을 콕콕 찌른다. 지키지 못한 언약이 달빛이 되어 마음을 찌르고 어머니 생전 단 한 번도 금반지 못해 드린 불효가 달빛이 되어 마음을 찌른다.

저수지는 마음씨가 좋다. 금 같고 은 같은 저 귀한 반짝임을 혼자서 가로채지 않는다. 낮이든 밤이든 받으면 받은 대로 튕겨낸다. 저수지가 튕겨낸 반짝임이 대실댁 양철지붕에 앉아서 지붕을 반짝이고 내 집 장독대에 앉아서 큰 독 작은 독을 반짝인다.

윤슬은 순우리말. 햇빛이나 달빛에 비치어 반짝이는 잔물결이 윤슬이다. 물결은 바다에도 있고 강에도 있고 호수에도 있는 것. 사람 마음엔들 없으랴. 하루에도 수십 차례 수백 차례 밀려오고 밀려가는 내 마음의 잔물결. 과욕일지라도 햇빛에 비치어 달빛에 비치어 반짝이고 싶다. 그 반짝임 튕겨내 지붕을 반짝이고 싶고 장독을 반짝이고 싶다.

백자 항아리

백자 항아리는 온달이다. 온달은 보름달. 몸에 난 모를 죄다 깎아서 궁극을 이룬 달이다. 온달을 보면 마음이 순해지듯 백자 항아리를 보면 마음이 순해진다. 나에게 난 모가 나도 모르게 누그러진다.

백자 항아리는 소복이다. 소복은 흰옷. 백자 항아리는 소복 입고 입술을 깨문 누이다. 누이에게 다가가 가만히 감싸듯 가만히 다가가 감싸는 백자 항아리. 입술 깨물고 다소곳이 앉은 조선의 누이여. 조선의 흰옷이여.

백자 항아리는 빛이다. 가락이다. 빛으로 치면 가장 서늘한 눈빛이요 가락으로 치면 가장 여린 파장이다. 눈빛은 지극해 마음을 베고 파장은 애달파 애간장을 울린다. 나를 맨 처음 열었던 당신의 눈빛이여. 당신의 파장이여.

백자 항아리를 본다. 항아리에 찍힌 곰보 같은 점. 점 하나 없는 사람이 어디 있을까. 몸에 난 점, 마음에 난 점. 그리고 나의 결점, 당신의 결점. 백자 항아리는 어떻게 보면 나고 어떻게 보면 당신이다. 나와 당신을 잇는 이이일ㅋㅠㅡ이다.

변방은 둥글고 깊다

집 뒤 대밭 대나무를 얼마 전 절반이나 베었다. 벨까 말까 망설였고 말리는 사람도 있었지만 잘했다는 생각이 든다. 대밭 뒤 둥근 산이 훨씬 잘 보인다. 집도 훤해졌다. 속이 다 시원하다. 마당에서 보는 둥근 산이 예뻐서 일부러 마당에서 보내는 시간이 길어졌다.

내가 사는 집은, 풍수 풍도 모르는 내가 생각해도 명당자리다. 집 뒤로는 산이 턱 버티고 앞으로는 탁 트인 저수지가 곰살맞다. 마당에 서서 산을 보다가 고개만 돌리면 물이다. 산을 보다가 답답하면 물을 보고 물을 보다가 지치면 산을 본다. 마당에만 나가면 산도 보이고 물도 보이는 명당자리가 내가 사는 집이다.

마당만 아니다. 얼마 전 벤 대밭 자리에서 보내는 시간도 즐겁다. 산이 가까워서 좋고 저수지가 더욱 잘 보여서 좋다. 별채 벽에 세워두고 쓰지 않던 평상을 대밭 자리에 옮겨서 시간을 곧잘 보낸다. 대밭에 숨어 사는 새가 처음엔 불안한 소리를 내었지만 요즘은 익숙해진 듯 아무 소리를 내지 않는다. 둥지를 아예 딴 곳으로 바꿨을지도 모르지만.

새는 용감하다. 산골에 살면서 안 건데 새는 자기만을 위해서는 낯선 사람 앞에서 불안한 소리를 내지 않는다. 자기만 있을 땐 멀리 달아나면 그만이다. 새가 불안한 소리를 내면 근처에 반드시 새끼가 있다. 새가 내는 불안한 소리는 근처에 알리기 위한 신호임과 동시에 낯선 사람의 관심과 발길을 자기에게 쏠리게 하려는 헌신이다.

대밭에 들어가 일하다 보면 가시에 찔릴 때도 적잖다. 일할 때는 모르고 넘어가고 알고도 넘어가지만 일이 끝나고 나면 신경이 거기로 다 간다. 그러나 가시에 시비 걸 일이 못 된다. 가만히 지내는 가시나무를 건드린 게 죄다. 자기와 자기 종족을 보호하려고 자기의 살을 떼어낸 가시나무다.

내 시는 작은 새의 불안한 소리보다 못하고 가시나무보다 못하다. 금방이라도 잡힐 위험을 무릅쓰고 새는 파닥거리는데 내 시는 지극히 나만 걱정한다. 나만 감싸고 돈다. 내 살을 떼어낼 각오가 용기가 내 시엔 과연 있는가. 내가 쓰는 시는 작은 새보다도 자기 살을 떼어내는 가시나무보다도 못하다.

대밭 뒤 둥근 산은 보기에는 순하지만 막상 들어가면 깊다. 사람이 다니지 않아서 길이 없다. 나무만 빽빽하다. 이사 온 첫해 땔감을 장만하러 올라갔다가 땔감은커녕 팔뚝에 상처만 입고 내려온 산이다. 산은 올라가는 산이 따로 있고 바라보는 산이 따로 있다, 그 핑계를 대고 10년이 지난 지금도 올라갈 엄두를 내지 않는다.

산골생활을 10년 동안이나 했다곤 하지만 어리숙한 게 한둘이 아니다. 멋모르고 건드린 나무가 하필이면 옻나무라서 한 달 넘게 고생했는가 하면 도시에서 놀러 온 친구나 친구 아이들이 낯선 새나 꽃의 이름을 물으면 더듬거리기 일쑤다. 언젠가는 밀을 보리라고 했다가 머쓱했지만 내 눈엔 아직도 그게 그거다.

집 뒷산도 한번 올라가지 않고 주위에 널린 것들의 이름도 제대로 모르면서 산골생활 10년이 후딱 지났다. 아무래도 산골 체질이 아닌 것 같다. 그래도 때로는 산골에 기대 그럭저럭 잘살아왔다는 셈은 나온다. 그때 집을 사지 않았다면 퇴직금은 모두 술값으로 날렸을 테고 그때 들어오지 않았다면 내 사주팔자 어느 구석에 산골생활이란 호사가 예정되었을까.

도시의 나날에 염증이 들어서 그랬든 내 안과 내 밖이 충돌해서 그랬든 또는 시를 쓰려고 그랬든 30대 초반부터 금싸라기 시절을 산골에서 보낸다. 지인들은 그런 내가 안쓰러운가 보다. 한창 일할 나이에 벌어놓은 돈도 없이 앞으로 어떻게 살 작정이냐고 염려한다. 한창 일하며 사는 지인들이 사실은 나도 안쓰럽다. 벌어놓은 게 많은 도시 생활과 벌어놓은 게 없는 산골생활 중에서 택해야 한다면 나는 단연 산골생활이다.

말은 그렇게 하지만 산골생활은 힘들다. 생활하기도 힘들고 자꾸만 도시로 달아나려는 마음을 붙잡기도 힘들다. 가진 게 없이 들어왔으니 지내기가 힘든 건 당연하다. 여기에 살고 싶어 들어왔으면 마음을 붙이고 살아야 지당하다. 그런데도 마음은 산골에서 달아나려고만 한다. 도시에서 살 때는 도시에서 달아나려고 그랬듯이.

나이가 얼마나 들면 마음을 붙잡고 지낼 수 있을까. 마음이 흔들리지 않고 지낼 수 있을까. 마음에 구애받지 않고 지낼 수 있을까. 마음을 내 마음대로 움직이며 지낼 수 있을까. 나이가 얼마나 들면 마음과 마음을 구별하지 않고 지낼 수 있을까. 처음부터 나중까지 같은 마음으로 지낼 수 있을까. 도대체 나이가 얼마나 들면.

어제는 옆집과 옆집의 옆집에서 한바탕 수선을 떨었다. 맹추위 탓에 수도관이 꽁꽁 얼어 며칠간 물이 나오지 않았다. 동네 분들과 수도관 덮은 흙을 호미로 긁어내고 뜨거운 물을 들이부어 녹이는 일로 오후 한나절을 보냈다. 물이 나오는 게 확인되자 술상이 차려졌다. 벌건 대낮에 옆집과 옆 옆집, 두 차례나 극진한 술대접을 받았다.

　요즘은 동네 분들과 술자리를 틈틈이 갖는다. 최근 1년 동안 가진 술자리가 지난 10년보다 많을 성싶다. 도시의 변방인 산골에 이사 와서도 변방으로만 나돌다가 이제야 허물없이 술잔을 나눈다. 산골사람이, 술잔 얻어먹는 재미에 물이 안 나오는 집 콩콩거리며 찾아다니는 산골 사는 사람이 비로소 되었다.

　돌이켜보면 나는 변방으로 나돌았다. 도시에서 살 때는 도시의 변방에서, 산골에 이사 와서는 산골의 변방에서 머물렀다. 변방은 주목받지 않는 대신 푸근하다. 변방이니 날을 세울 이유도 없다. 그래서 변방은 언제나 푸근하고 둥글다. 그러면서 깊다. 집 뒷산이 둥글지만 깊듯이. 보기에는 순하지만 막상 들어가면 나무가 빽빽해 길을 찾을 수 없듯이.

　둥근 산을 보는 재미에 마당에서 보내는 시간이 길어진다 싶더니 기어이 감기에 걸렸다. 아침나절이면 으레 나타났다가 사라지는 코감기려니 여겼는데 증상이 오래간다. 게다가 수도관을 녹인다고 차가운 날씨에 무리했으니 그럴 만도 하다. 빵모자를 눌러 쓰고 목도리를 여며도 몸이 오슬오슬 춥다. 병원도 없고 약국도 없는 곳, 아랫목과 시간만이 처방인 곳. 지금 여기는 변방이다.

생의 굴곡, 시의 굴곡

시골집 마루에 앉아 마당 감나무를 본다. 가지는 열에 열 휘어졌다. 휘어지면서 자아내는 곡선이 홍시 몸매처럼 보드랍다. 언제부턴가 곡선이 눈에 들어온다. 나도 나이가 들어가는 모양이다. 나이가 들어가면서 직선보다 곡선이 먼저 보이고 직선에서 곡선을 찾곤 한다. 날아가는 새도 자세히 보면 방향을 틀 땐 곡선이고 직선 같기만 한 수평선도 곡선이다.

우리 삶에도 곡선은 있다. 생의 굴곡이 곡선 아니겠는가. 내가 겪은 굴곡을 생각한다. 살아오면서 겪었던 굴곡들. 굴곡을 거치면서 내 생애는 한 발짝 한 발짝 곡선에 다가갔지 싶다. 내가 쓴 시도 한 발짝 한 발짝 곡선에 다가가는 게 보인다. 등단 초기 직선 빗발치던 시들이 시들해지고 그 자리를 곡선 시가 메운다. 시도 나이가 들어가는 모양이다. 어쩌랴. 시는 사람을 닮고 사람은 시를 닮느니.

비는
위부터 적시지만
가장 많이 젖는 것은

바닥이다
피함도 없이
거부도 없이
모든 물기를 받아들인다
비에 젖지 않는 것은 없지만
바닥에 이르러 비로소 흥건히 젖는다
바닥은 늘 비어 있다
<바닥 1>

등단작 '바닥 1' 발단은 비다. 비야말로 직선의 전형, 완벽한 직선이다. 직선이 상징하는 속도, 불용, 비정 등등 그 모든 게 비에 녹아 있다. 비를 받아들이는 바닥에 방점을 두었지만 비를 내세운 건 그만큼 내가 젊었고 직선에 빠져서이리라. 직선의 매력은 머뭇거리지 않는다는 것. 망설이지 않으며 이것저것 따지지 않는다. 젊음의 매력이기도 하다.

나도 분명 그랬을 것이다. 선명하지 않은 시, 이것도 아니고 저것도 아닌 시, 그러니까 직선이 아닌 시를 멀리했을 것이다. 어쩌면 직선의 시로서 투사가 되려고 했는지도 모르겠다. 그러면서 내가 거친 이런저런 굴곡이 나에게 곡선을 보게 했고 나도 모르게 나와 내 시를 곡선으로 이끌었다.

한 발짝 한 발짝 곡선에 가까워지는 요즘, 등단 무렵의 직선 시대가 가끔 그립기는 하다. 거칠었어도 순정했던 20대였다. 모났지만 뜨거웠던 80년대였다.

산골의 황금 강아지

'저놈의 개!' 개가 또 짖는다. 안면 튼 지 석 삼 년은 지났어도 보기만 하면 짖는다. 무릎에도 닿지 않는 조그마한 개가 얼마나 앙칼진지 짖기 시작하면 온 산골이 반으로 갈라진다. 산골 호수가 반으로 갈라지고 열 집 될까 말까 한 집이 이 집 저 집 반으로 갈라진다.

내가 사는 집은 맨 위. 가장 안쪽 집이라 집에 가려면 이 집 저 집 두루 거쳐야 한다. 나를 보기만 하면 짖는 개는 바로 옆집 대산댁 강아지. 원래는 방에서 키우는 애완견이라는데 신세 박복하여 마당에 묶인 처지다. 잘 지내려고 읍에서 먹다 남은 '옛날통닭'도 챙겨 주지만 그때뿐이다. 얼마나 앙칼진지 나까지 반으로 갈라질 판이다.

대산댁은 일흔을 갓 넘겼다. 시집오기 전에 살던 곳 지명이 대산이다. 십 년 전쯤인가 남편과 사별하고 산골 너른 집에 혼자 산다. 혼자서 집을 건사하고 여기저기 밭을 건사한다. 후덕해서 막 뽑은 밭작물이며 김장김치며 내가 얻어먹는 게 많다. 큰집이라 한 달에 한 번꼴로 제사를 치른다. 제사를 지낸 다음 날이면 마을 사람에게 사발통문 해서 음식을 나눈다.

마을 사람이라 해 봤자 열 명이 될까 말까다. 대개가 혼자 산다. 대산댁이 그렇고 앞집 대실댁이 그렇고 대산댁 옆집 산농댁이 그렇고 이장 어른이 그렇다. 부부가 사는 집도 있지만 집을 빌려서 지내는 외지인이라 아직은 서먹하게 지내는 편이다. 혼자 사는 이들은 나이가 지긋해 일흔 넘은 대산댁이 가장 젊다.

마을 사람은 모두 사촌이다. 이웃사촌이기도 하지만 실제 사촌이기도 하다. 나 빼고, 외지인 부부 빼고는 모두 한집안이다. 김해 허씨가 집성촌을 이뤘다. 한때는 아랫마을보다 컸다고 하는데 저수지에 전답이 수몰되면서 한 집 두 집 곶감 빠지듯 떠나고 지금은 노인네 마을이 되었다.

집성촌에 발 들인 지는 이십오 년이 넘었다. 저수지에 낚시하러 왔다가 풍광에 반해 아예 눌러앉았다. 풍광에 반했고 인심에는 더 반했다. 낯선 낚시꾼을 집으로 불러들여 칼국수를 내오고 고기 잡거든 찍어 먹으라며 초장을 건네는 후덕한 인심이 나를 집성촌 일원으로 이끌었다.

이십오 년 전에는 지금보다 사람이 많았다. 그리고, 당연한 말이지만 젊었다. 나에게 집을 판 옆집 대산댁네만 해도 부부가 마흔 나이였고 초등학교 다니는 막내딸과 어린 아들이 있었으며 할머니를 모셨다. 대실댁도 산농댁도 남편과 사별하기 전이었다. 나만 풍매화 씨앗처럼 홀로 날려 와 천덕꾸러기처럼 지냈다.

산골은 깊었다. 낮에도 깊었고 밤에도 깊었다. 적막강산이라 사람 구경하기 힘들었고 포장되기 전 황톳길이라 차 구경하기 힘들었다. 다니는 버스는 하루 두 번. 들어오는 것 두 번, 나가는 것 두 번이었다. 저녁에 들어와 마을에서 묵고 학생 등교 시간에 맞추어 나갔다. 그리고 점심 무렵에 들어왔다가 바로 돌아나갔다.

불편하지는 않았다. 언제 버스가 올지 모르는 도회와 달리 시간이 되면 버스가 왔고 시간이 되면 갔다. 동네 아주머니에겐 장날 전용 자가용이었다. 닷새 만에 돌아오는 장날에 장을 보거나 밭에서 얻은 것을 팔았다. 묵직한 보따리 이고 지고 버스를 타고 내리는 모습이 안쓰러웠다. 도움이 되고 싶었다.

나를 품어 준 마을에 도움이 되고 싶었다. 15인승 봉고를 샀다. 중고였다. 뜻은 좋았지만 끝은 젬병이었다. 봉고를 사서 내 앞으로 명의를 돌린 바로 그날 폐차해야 했다. 집으로 끌고 오면서 사달이 났다. 사이드 기어를 중립에 놓고 운전하는 바람에 엔진이 망가졌다. 완전 초보라 중립에 놓은 것도 몰랐다. 차가 뻑뻑거려도 중고라서 그러려니 여겼다. 엔진 수리비가 봉고 가격보다 비쌌다. 폐차했다.

강아지가 또 짖는다. 누가 오나? 마당 너머 내다본다. 강아지가 나를 보며 짖을 때는 '저걸, 저걸' 하다가도 난데없이 짖는 소리가 들리면 은근히 반갑다. 산골을 감싸는 적막이 일순 흐트러져서 좋고 내 집에 손님이 오려나, 기대가 생겨서 좋다.

올해는 무술년. 무(戊)가 땅 내지는 황토를 뜻해 황금 개띠 해란다. 딴에는 고맙다. 황금 한 돈도 귀하게 치는 세상에 황금 한 마리가 나만 보면 짖고 내 집에 누가 오기만 하면 짖으니. 개 짖는 소리에 잠이 달아났는지 높다란 감나무 까치는 "꺅꺅꺅" 연신 심통을 부린다.

어디고?

고등학교 동기 셋이 부부동반 저녁을 먹는다. 경칩 다음다음 날이라 개구리가 깨니 아직 안 깨니 싱거운 얘기들이 오간다. 동기는 동기대로 부인은 부인대로 자잘한 일상사가 밤이 이슥하도록 이어진다. 얘기 짬짬이 동기 하나는 딸아이에게 전화한다. 올해 고등학교 입학한 딸이다. 동아리 선배들과 모임을 하느라 이슥한 시각인데도 밖에 있는 모양이다.

"너거들, 우리 딸 핸드폰에 뭐라고 찍히는 줄 아나?" 딸과 막 통화를 끝낸 동기가 약간은 정색하고 좌중을 둘러본다. 무슨 얘기를 꺼내려는가 싶어 주목한다. 대개는 아빠가 전화하면 '아빠'란 발신자가 뜨는데 동기 딸 휴대폰에는 '어디고?'라는 글자가 뜬단다. 아빠가 자주 전화할뿐더러 전화할 때마다 어디 있냐고 물으니 발신자를 아예 그렇게 입력했다는 설명이다.

'어디고?' 아이다운 발상이다. 아이다운 항변이다. 아빠는 아빠 나름으로 걱정이 돼서 하는 전화일 테지만 받아들이는 아이는 성가셨을 터다. 속상할 때도 더러 있었을 터다. 대놓고 말은 못 하고 발신자 표시를 그렇게 함으로써 아이는 무언의 항변을 한 것이다. '어디고?'는 나를 건사할 만큼은 컸으니 믿고 지켜봐 달라는 아이 나름의 발육명세표인 셈이다.

얘기는 자연스럽게 아이들로 이어진다. 동기 아이들이 주로 사춘기인 만큼 사춘기 고만고만한 얘기로 이어진다. '내가 태어나고 싶어서 태어났나.' '나를 미워하는 것 아니냐.' 때로는 농담조로 때로는 억하심정을 담아서 사춘기 아이와 지내면서 겪는 경험담을 풀어낸다. 때로는 박장대소하면서 때로는 "저런, 저런." 안타까워하면서 서로의 경험에 서로의 경험을 겹친다.

"우리도 그때 그랬다." 얘기는 다시 우리 사춘기 시절로 이어진다. 사춘기 시절. 누구나가 그랬겠지만 우리가 보냈던 사춘기 역시 태어나고 싶지 않은데 태어난 사춘기였고 다들 나를 미워하는 것 같던 사춘기였다. 고민이 깊었던 시기였고 충돌이 잦았던 시기였다. 고민은 사춘기 내면의 모습이었고 충돌은 외면의 모습. 불안정한 내면과 불안정한 외면이 양 날개가 되어 휘청대던 시기가 사춘기였다.

내가 보냈던 사춘기를 돌아본다. 길은 언제나 두 갈래였다. 가지 않은 길은 나를 고민하게 했고 간 길은 나를 어긋나게 했다. 가지 않은 길은 언제나 더 있어 보였고 간 길은 언제나 좁고 황토 먼지가 날렸다. 가지 않은 길은 언제든지 갈 수 있을 것 같았지만 언제든지 가지 못했고 간 길은 언제든지 되돌아갈 수 있을 것 같았지만 언제든지 되돌아가지 못했다. 길은 언제나 두 갈래였고 가지 않은 길과 간 길 사이에서 나는 사춘기 내내 휘청댔다.

계절로 치면 사춘기는 봄이다. 봄은 미숙하지만 미숙해서 성숙할 여지가 넓다. 봄은 여리지만 여려서 보듬게 된다. 미숙하고 여리게 보낸 사춘기가 생애를 성숙하게 하고 생애를 보듬게 한다.

200_우두커니

조금 길고 짧은 차이는 있겠지만 누구에게나 사춘기는 있고 누구에게나 있는 사춘기가 사람의 생애를 자극해 꽃을 피우고 열매를 터뜨린다. 휘청대면서 꽃을 피우고 휘청대면서 열매를 터뜨린다.

돌아보면 사춘기는 덜 자란 소년이며 가녀린 소녀다. 미숙해서 더 보게 하고 여려서 더 보게 하는 소년 소녀. 사춘기는 목도 굵어지고 팔도 굵어진 중년 이후가 이따금 들추어보는 오래된 사진이다. 오래된 흑백사진이다. 사춘기가 있어 지금의 내가 위로받으며 사춘기가 있어 지금의 내가 힘을 얻는다.

동기가 딸아이에게 또 전화한다. 알아서 할 텐데 자꾸 전화하지 말라고 퉁을 줘도 동기 마음은 그게 아니다. 늦은 귀가도 걱정이지만 아이 통통 튀는 음성이 동기를 통통 튀게 하는 모양이다. 살아가는 힘을 주는 모양이다. 사춘기를 보낸 동기와 한창 사춘기인 딸의 전화 통화를 엿듣는다. 아이 음성이 통통 튄다. "아빠는 어디고?"

글 쓰는 고통, 안 쓰는 고통

글 동네에 이름을 올린 지 31년. 초심에서 멀어졌고 감성은 무뎌졌다. 글 만드는 요령은 늘었어도 글에 담긴 기운은 식었다. 나에게 글은 곧 밥이니 쓰긴 쓰되 고봉밥 먹은 만큼이나 배부른 글은 언제 써 봤는가 싶다.

학생 때 치기가 그립다. 그때도 고료는 짧은 시보다 긴 산문이 많았다. 아무리 그렇더라도 시만 쓰지 산문은 쓰지 않겠다고 치기를 부렸다. 고교 시절 문예부장을 했으면서도 대학은 국문학과로 가지 않고 글과 무관한 과로 간 이유도 치기라면 치기였다. 문학을 학교 다닐 때만 하지 않고 평생 하겠다는.

그때 지은 시 한 편! 대학 신문에 시가 실려서 받은 원고료로 술을 마시면서 쓴 시다. 학교 근처 골목 식당에서 술 한 잔 글 한 줄, 그렇게 썼다. 언뜻 읽으면 고료가 얼마 되지 않는 '싸구려 시'에 방점을 찍은 것 같지만 내심은 정반대였다. 시 써서 고료를 받은 게 그저 뿌듯했다. 치기였고 호기였다.

> 시를 팔아
> 두 병 소주에 생두부 한 접시 1,250원
> 그래도 왠지 즐거워

마구잡이로 두드리는 젓가락 장단

(...)

술도 모자라고 악도 모자라고

모두 게워 내기에는

싸구려 시마저도 모자라고

<어떤 일>

호기는 졸업하고 나서도 이어졌다. 직장 다니면서도 시는 가까이 두었고 산문은 멀리 두었다. 대학노트 한 권이 다 차고 두 권을 시작할 무렵도 산문은 낱장 정도였다. 그러다 등단했다. 시의 세계는 살벌했다. 가차가 없었다. 약간의 틈만 보여도 물렸다. 내가 쓰는 시는 아마추어 수준이건만 겁도 없이 프로의 세계에 발을 들였다.

시에서 멀어졌다. 내가 생각한 시 세계와 현실의 시 세계는 달랐다. 시의 무게에 짓눌렸고 그게 싫어서 거리를 두었다. 그동안 쓴 시로 첫 시집을 내고 나서는 더 그랬다. 시가 무서워졌다. 산문 청탁서는 앞면이 보이게 놔뒀고 시 청탁서는 뒤집어서 놔뒀다. 갓 등단한 신인이라서 원고청탁이 어쩌다 와도 그랬다.

그랬다. 그때는 시가 고통이었다. 청탁받은 시는 차일피일 미뤘고 스스로 쓰는 시로 채우던 대학노트는 어디에 뒀는지도 몰랐다. 시가 고통스러워 술을 퍼마셨고 낚시하러 쏘다녔다. 지금 사는 촌집도 낚시 다니다가 얻었다. 시를 쓰지 않아도 사람들은 나를 시인이라고 불러 줬으며 지인들은 나를 시인이라고 소개해 줬다. 시인으로 행세했지만 시 청탁이 오면 여전히 차일피일 미뤘다.

즐겁지는 않았다. 술을 마셔도 그때뿐이고 낚시하러 다녀도 그때뿐이었다. 어느 순간에 이르자 고통스럽기까지 했다. 글을 쓰는 것도 고통이지만 쓰지 않는 것 역시 고통이었다. 중압감은 쓰지 않는 쪽이 훨씬 심했다. 자다가도 가위에 눌렸고 송곳에 찔렸다. 이게 아닌데, 이게 아닌데…. 자다가도 일어났고 자다가도 나를 일으켜 세웠다. 그러면서 시에 다시 다가갔고 시에 손을 내밀었다.

고통은 어디서 오는가. 간절한 데서 온다. 간절하게 하고 싶은데 하지 못해서 고통은 온다. 나는 그랬다. 시에 가까이 가고 싶은데 가까이 가지 못해서 고통스러웠다. 간절했기에 고통은 더 컸다. 시만 그럴까. 코로나 19로 사람과 사람 사이가 멀어진 이즈음. 왜 아니 고통스러울까. 그러나 믿는다. 고통이 클수록 간절함은 크고 간절할수록 가까워진다는 걸. 그렇긴 해도 배부른 글은 언제 써 봤는가 싶다.

혀 짧은 말, 혀 짧은 글

'바담풍'이란 말이 있다. 서당 훈장님이 학동을 모아놓고 하는 이야기. "나는 혀가 짧아 바담풍이라고 해도 너희들은 바람 풍(風)으로 들어라." 우스개 같기도 하고 너스레 같기도 한 이 말은 씹히는 맛이 있다. 들리는 것만 듣지 말고 보이는 것만 보지 말란 뒷맛이 꽤 오래간다.

바담풍 석 자에 오랫동안 끌렸다. 뭐라고 딱히 집어내지는 못해도 뭔가 있어 보였다. 내가 쓴 연재칼럼에 두 차례나 타이틀로 썼다. 한 번은 1986년부터 6년간, 한 번은 1997년과 이듬해였다. 바담풍이 무슨 의미냐고 묻는 독자가 가끔 있어 내심 어깨를 으쓱했다. 인기작가가 된 양 뿌듯했다.

왜 그토록 바담풍에 끌렸을까. 뒷맛이 오래가서 그랬으려니 여기겠지만 그게 다는 아니었다. 오히려 아주 일부였다. 끌렸던 진짜 이유는 훈장님 이야기에 나오는 짧은 혀였다. 나도 혀가 짧다고 생각하는 터라서 일종의 동병상련이었었다. 동병상련이 10년 가까이 바담풍 칼럼을 쓰도록 이끌었다.

나는 혀가 짧다. 아니라는 사람도 있지만 내가 나를 모를까. 말을 급하게 하면 발음이 떨리거나 'ㄹ' 같은 받침은 곧잘 떨어져 나간다. 생전에 말을 잘하셨던 어머니는 그런 막내가 답답했다. 침을 꾹 삼키고 한 마디 한 마디 또박또박 말하라 일러 주셨지만 매번 어그러졌다. 그러다 보니 말이 줄어들고 남 앞에 나서는 일마저 줄어들었다.

자신감 결여는 혀 짧은 사람이 대체로 갖는 공통점이다. 남 앞에 안 나서려 그러고 안으로 움츠러든다. 혀 짧은 말을 하면 어릴 때는 어려서 그러려니 넘어가지만 나이 들어서도 그러면 어딘지 어리숙해 보이게 마련이다. 어리숙해 보이지 않으려고 덜 말하게 되고 그러면서 자신감이 떨어진다.

무릇 상처는 상처로 치유하는 법. 자신보다 큰 상처를 보며 자신이 입은 상처를 위로받곤 한다. 나는 나보다 혀 짧은 사람을 접하면서 상처가 나았다. 나보다 혀 짧은 사람은 한둘이 아니었다. 수두룩했다. 다른 이가 나에게 했을 '쯧쯧' 혀 차는 소리를 속으로 하며 상처에서 벗어났다. 번지르르한 말이 차고 넘치는 세상에 혀 짧은 말도 개성이라며 나에게 위로까지 했다.

혀 짧은 글. 나를 상처에서 벗어나게 하고 위로한 건 혀 짧은 글이었다. 여기저기 떨리고 여기저기 받침이 떨어져 나간 글, 처음과 끝이 어그러진 문장 아닌 문장을 보며 자신감을 찾았다. 혀 짧은 글에 견주면 혀 짧은 말은 아무것도 아니었다.

혀 짧은 말은 내뱉는 순간 사라지지만 혀 짧은 글은 두고두고 남는다. 요즘 같은 SNS 시대엔 그 끝이 어디일지 가늠하기 힘들다. '쯧쯧' 혀 차는 소리를 당사자만 듣지 못할 뿐이다. 혀 짧은 말은 개성이라도 되지만 혀 짧은 글은 개성도 되지 못한다.

이 글을 읽는 당신은 어떤가. '산수갑산'과 '삼수갑산' 어느 게

올바른지 아는가. '좀 있다'와 '좀 이따,' '충전'과 '충천'이 어떻게 다른지 아는가. '한 번'과 '한번', '안 됐다'와 '안됐다'의 차이를 아는가. 'I LOVE YOU'를 'ILO VEYOU'로 쓴다면 소통에 문제가 생긴다. 한글도 마찬가지다.

한글은 모국어라서 더욱 반듯하게 써야 한다. 하지만 어긋나게 쓰는 경우를 의외로 자주 본다. 나 역시 한계는 있다. 나라고 해서 혀 짧은 글을 쓰는 경우가 왜 없겠는가. 활자화된 내 글에서 오류가 보이면 아프다. 그 끝이 어디일지 식은땀이 난다.

혀 짧은 말과 혀 짧은 글. 둘 다 정상은 아니다. 혀 짧은 말은 부끄러워하면서 혀 짧은 글은 부끄러워하지 않아도 정상이 아니다. 혀 짧은 말에 신경을 쓰는 만큼이나 혀 짧은 글에도 신경을 써야 한다. 그렇지 않은가. 이제부터라도 침을 꾹 삼키고 한 마디 한 마디 또박또박 써 보자.

이심점심

'여름 애(愛) 아삭아삭.' 국내 굴지 전자회사가 지난여름 펼친 김치 나누기 행사 선전 문구다. 김치냉장고를 연상시키는 문구가 은근히 충동구매 욕구를 자극한다. 2000년 상영된 영화 시월애 이후 사랑 애(愛)는 다용도로 쓰인다. 조사 '에'가 들어갈 자리에 애(愛)가 곧잘 들어간다. 피부애, 하루애, 하루영양애, 아름다운산애, 옛뜰애 등등 인터넷을 검색하면 용례가 넘친다.

넘치기는 온(on)도 어금버금하다. 특히 국가기관인 산림청이 '숲에 온(on)'을 대표 브랜드로 내세움으로써 전국 산림 곳곳 홍보판에서 '숲에 온(on)'을 접한다. 산악회나 숲 관련 모임 명칭에도 자주 쓰인다. 가지치기해 강원도 평창군 숲해설가 양성 과정 명칭은 '숲으로 on'이다.

'이심전심(以心傳心)'을 비튼 조어도 보인다. 서울 교대역 동래파전 맛집 상호는 이심전심(李心田心)이고 주인 성 씨를 내세운 이심점심(李心點心) 식당도 있다. 재작년 '1박 2일'에서 '이심점심 도시락 복불복'을 터뜨리는 바람에 일약 유명 조어로 등극하기도 했다. 그 영향인지 국내 패스트푸드 대명사 롯데리아는 올초 '이心전心 착한 점心'으로 톡톡 튀었다.

톡톡 튀는 단어나 문구는 수두룩하다. 보거나 듣는 순간 곧바로 빨아들이는 흡인력이 있다. 이해는 된다. 하늘의 별처럼 숱한 단어나 문구 중에서 얼른 눈에 뜨이고 길게 살아남으려는 나름의 고육지책이리라. 몇 날 며칠 고심한 끝에 별 중 별 같은 단어나 문구를 찾아내면 얼마나 흐뭇할까. 기지랄지 기발한 착상이랄지 얼마나 뿌듯할까.

그러나 이건 아닌 것 같다. 뒷맛이 영 개운찮다. 내가 시를 쓰는 사람이고 시의 힘은 새로움에서 나오고 새로움은 결코 가벼움이 아니기에 더욱더 아닌 것 같고 더욱더 개운찮다. 영화 제목 '시월 애'를 처음 대하면서 가졌던 신선함은 애의 남발로 이미 휘발했거니와 이제는 짜증마저 자아낸다. 온 또한 애의 아류에 불과하고 이심점심은 새롭긴 해도 가벼움의 극치다. '삼수갑산'을 '산수갑산'으로 쓰는 건 몰라서 그렇다손 쳐도 알 만한 사람이 말을 함부로 비트는 건 참기가 쉽지 않다. 그건 말에 대한 예의가 아니다. 우리말이든 누구 말이든.

말은 조금만 결례해도 금방 토라진다. 토라져 손등을 할퀴고 얼굴을 할퀸다. 감당하기가 버거울 정도다. 말은 가볍고 가벼워서 내뱉는 순간 공중으로 붕붕 떠다니고 급기야는 손이 닿지 않는 곳에 이르러 지우기도 난망하고 거둬들이기도 난망하다. 말의 가벼움이여. 말의 무서움이여.

말은 무섭다. 무섭고 그 끝은 송곳처럼 날카롭다. 그래서 허투루 쓰면 치명적 내상을 입힌다. 말을 한 자 한 자 아껴 써야 하는 이유고 한 자 한 자 각별하게 써야 하는 이유다. 말을 아껴 쓰고 각별하게 쓰는 건 곧 말에 대한 예의다. 예의가 존중에서 나오듯 말에 대한 예의는 말에 대한 존중에서 나온다. 지금 여기서 내가 쓰는 말은 할아버지의 할아버지가 쓰던 말. 몇백 년 심지어는 몇천 년 나이를 가진 말이다. 어찌 예의를 차리지 않으랴. 어찌 존중하지 않으랴.

말을 제자리 갖다 두는 것. 그것은 말에 대한 예의고 존중이다. 애는 애의 자리에 갖다 두고 on은 on의 자리에 갖다 두는 것이 우리말이든 누구 말이든 언중이 갖춰야 할 기본 예의고 존중이다. 하물며 엄연히 제자리 있는 말을 제자리 없는 말처럼 숨기고 감추고 윽박지르는 비례는 우리 주위에 없는지 돌아볼 일이다.

산골에 난 오솔길

나는 경남 고성 산골에 삽니다. 가구는 예닐곱이고 버스는 하루 세 번 다닙니다. 김해 허씨 집성촌이고 연고는 없습니다. 1992년 내 나이 서른 초반에 들어왔습니다. 10년 전부터는 한 달 절반은 산골에서, 절반은 도시에서 지냅니다. 농사는 짓지 않고 내가 먹을 푸성귀 정도만 가꿉니다. 강연료를 드물게 받지만 수입 대부분은 원고료입니다. 얼마 되지는 않습니다. 이제부터 생면부지 산골에 어찌 들어왔는지 그리고 어찌 살아왔는지 지인에게 털어놓듯 말씀드리겠습니다. 편하게 '들어'주십시오.

어릴 때부터 드러눕는 걸 좋아했습니다. 젊어서도 좋아했고 나이 들어가는 지금도 좋아합니다. 자리만 생기면 눕는 거죠. 하늘을 원고지 삼아 짧은 글, 긴 글을 쓰곤 합니다. 스무 살 어느 날이었지요. 학교 벤치에 누워 하늘을 보며 인생이란 무엇일까? 어떻게 살 것인가? 그런 것을 궁리하다가 문득 떠오르는 게 있었습니다.

그게 뭐냐면 우리 삶을 밀고 당기는 동력은 딱 세 가지란 거죠.

거칠게 표현하자면 돈과 시간, 건강이죠. 그렇잖아요. 학교 다니는 젊은 시절엔 시간과 건강은 되는데 돈이 없고, 직장 다니는 중장년엔 돈도 어느 정도 되고 건강도 되는데 시간이 없고, 은퇴하고 나선 돈과 시간은 되는데 건강이 안 따라주잖아요. 부모가 대단한 재력가가 아닌 이상 인생은 이 세 가지에 의해서 다람쥐 쳇바퀴처럼 돌아간다는 걸 알게 된 겁니다.

쳇바퀴 틀에서 벗어나고 싶었습니다. 또래들이 돈이나 안정된 직장을 좇아갈 때 나는 시간을 택하면 어떨까 생각한 거죠. 돈이 많은 사람도 부자지만 시간이 많은 사람도 부자 아니겠습니까? 하루 스물네 시간, 그 시간 모두를 내 마음대로 쓰는 시간 부자가 되자, 그런 생각을 학교 다니던 스무 살 무렵 벤치에 누워서 이 궁리 저 궁리 하다가 문득 떠올린 거죠.

학교 졸업하고 직장생활 육칠 년 잘했습니다. 공채 시험을 쳐입사했는데 수석을 한 거예요. 부서도 좋은 부서로 배정받고 대우도 괜찮은 편이었어요. 그러다가 서른 초반인 1992년, 마침내 시간 부자가 되려고 잘 다니던 직장 그만두고 경남 고성 산골로 들어갔습니다. 물론 산골로 들어간 동기는 다층적입니다. 세상과 불화도 한 층을 이루고 나와 불화도 한 층을 이룹니다. 고성은 이전에 낚시하느라 한 번 가 봤고 아는 사람은 전혀 없는 낯선 곳이었습니다.

수석 입사했다고 좀 전 내 자랑을 했죠. 자랑하는 김에 좀 더 떠벌리겠습니다. '나도 왕년에'려니 흘러들어도 됩니다. 고교 문예부장을 했습니다. 동기 다섯 가운데 셋이 대학에 있습니다. 부산대 국문학과 고현철 교수, 서울대 정외과 강원택 교수, 동국대 김무곤 교수가 그들입니다. 키가 190 가까이 되는 김무곤은 무슨 과 교수인지는 잘 모르겠습니다. 작년 종이책 읽기를 권한다는 책을 냈죠. 동아대 국문학과 한수영 선생은 문예부 한 해 후밴입니다. 세상을 버린 채영주 소설가도 그렇고요. 대학에선 경제학과를 다녔고 학보사 기자를 했습니다. 영문학과 홍기종 선생이 주간, 김창근 시인이 간사였지요. 동기 네 명이 신문사와 방송국으로 갔습니다.

등단 과정도 얘기해야겠지요. 무크 문학 운동이 막바지이던 1989년 무크지 '지평' 8집에 '바다' 연작시 등 10편을 발표하면서 등단했습니다. 회사 사보 편집장을 하던 때입니다. 문인들 원고를 청탁하는 과정에서 몇몇 분을 알게 됐고 그분들 격려와 배려로 등단 과정을 밟았습니다.

직장 그만두고 고성으로 바로 들어가지는 않았습니다. 부산 기장 월전 바닷가에서 반년쯤 낚시하며 혼자 살았죠. 그럭저럭 좋았습니다. 좋긴 한데 퇴직금으로 받은 돈이 매일매일 줄어드는 게 불안했죠. 직장생활 다시 하기는 싫고 장사할 밑천도 마음도 없었죠. 에라, 퇴직금 다 떨어지기 전에 촌집이나 한 채 사 두자, 그리 작정했죠. 직장도 안 다니고 장사도 안 하는 백수로 롱런하려면 집부터 장만하는 게 급선무일 거라 판단한 거죠. 도시 집을 사기엔 돈이 턱없이 모자랐으니 자연 촌집으로 마음을 굳힌 거죠. 촌에선 생활비도 적게 들 것 같았고요.

하루는 신문 낚시터 소개란에 경남 고성 저수지가 나와 있었지요. 경치가 좋다고 소개돼 있더라고요. 낚시를 좋아하니 거기에 촌집을 구하면 되겠다 싶었지요. 차도 있고 낚시도 좋아하는 친구와 그 저수지에 갔습니다. 참고로 그 저수지 이름은 대가저수지이고 지금 내가 사는 곳이 대가면입니다.

저수지 경치는 신문 기사보다 훨씬 좋았습니다. '됐다, 여기서 집을 구하자.' 주위를 둘러보니 영감님이 낚시하시는 거예요. 부탁을 드렸죠. "여기 경치가 참 좋네요. 빈집 나온 게 없을까요?"
지극히 당연하게도 영감님은 '너 언제 봤냐'는 식으로 콧방귀도
안 뀌는 거예요. 비장의 무기를 꺼냈죠. 그 비장의 무기가 뭐였
겠습니까? 바로 내 시집이었습니다. 시집이 왜 무기가 되었을까
요. 얼른 이해가 안 될 겁니다. 그건 좀 이따 말씀드리겠습니다.

영감님께 재차 부탁드렸죠. 당시 펴냈던 시집을 보여 드리면서
말이죠. "조용한 곳에서 글을 쓰고 싶어 촌집을 구합니다." 촌집
을 구하면서 시집을 갖고 다녔던 이유는 이 집 저 집 시골집을 기
웃대다 보면 좀도둑으로 오해받기에 십상이잖아요. 내 사진이 실
린 시집을 신분증인 양 갖고 다녔지요. 시집을 본 영감님은 태도
가 180도 바뀌는 거예요. 뒤에 안 얘기지만 그분은 우리 마을 목
수님, 숫자만 알고 한글은 배우지 못한 분이었죠. 시집인지 뭔지
는 몰라도 책에 얼굴이 실려 있으니 무슨 대단한 사람으로 보았
던 거죠. 시집이 비장이 무기가 됐던 거지요.

시집을 본 목수 영감님이 당장에 그래요. 빈집 좋은 데가 있으니
차를 타고 가자고. 친구 차를 타고 갔죠. 그런데 10분 20분, 포장
도 되지 않은 길을 한참 가는 거예요. 이상하다 생각했죠. 내가 원
하는 건 대가저수지 부근 빈집인데 목수 영감님은 구불구불 비포
장 길을 지나 자꾸자꾸 산 쪽으로 올라가는 거예요. 한 30분쯤 갔
나, '산만디'에 다다르자 눈앞에 엄청난 풍경이 펼쳐지는 겁니다.

정말 대단했어요. 어디가 끝인지도 모르게 펼쳐진 호수가 눈에
확 들어오는 거예요. 장엄했어요. 저리 웅장한 호수가 그것도 산
꼭대기에 있으리라고 상상이나 했겠어요. 거기가 바로 무릉도원
이었지요. 초록빛 반짝이는 물빛도 그렇고 호수 수면에 비친 산
그림자도 그렇고 필봉을 연상시키는 뾰족한 산봉우리도 그렇고
풍경이 아까 봤던 저수지보다 열 배 백 배 나은 거예요. 친구는 다

음날 보낸 뒤 텐트 치고 일주일 머물면서 우여곡절 끝에 목수 영감님 주선으로 촌집을 샀지요.

마을 이름은 고기 어, 집 실을 써서 어실이라고 합니다. 집은 열 가구가 채 안 되고 버스는 그땐 하루 두 번밖에 다니지 않는, 고성에선 깊고 으슥하다고 알려진 골짝 마을입니다. 읍에 사는 아이가 울면 어실에 보낸다고 으름장을 놓는다네요. 그러면 눈물을 뚝 그친답니다. 그런 오지에서 드디어 시골 생활, 산골생활을 시작했습니다. 도시에서 나고 도시에서만 산 사람이 장작불을 지펴봤겠습니까. 낫질을 해봤겠습니까. 여하튼 이른바 전원생활은 시작되었고 1992년부터 했으니 작년 만20년이 됐습니다.

이 자리가 20년 세월을 시시콜콜 늘어놓는 자리는 아니겠지요. 산골 살면서 보고 겪은 동물의 모성에 대해 몇 가지 말씀드릴까 합니다. 집 뒤는 대밭입니다. 봄날 대밭에 들어가면 가시덤불에서 어른 주먹만 한 새가 한 마리 또는 두 마리 포르르 나와 내 앞에서 얼쩡거려요. 그러다가 이삼 미터 떨어져서 앉아요. 다가가면 멀리 달아나지는 않고 또 이삼 미터 뒤로 물러나요. 그런 식으로 나를 가시덤불에서 멀어지게 합니다. 가시덤불에 알이나 새끼를 숨긴 까닭이죠. 자기 몸보다 백 배는 큰 사람에게 잡힐지도 모를 위험을 무릅쓰는 새의 모성이 가상하지요.

개의 모성도 지극합니다. 새끼를 낳은 개는 밥그릇 밥을 다 먹지 않고 반쯤 남깁니다. 식욕 왕성한 새끼가 찾아오면 언제든 먹이려고요. 옆 동네 후배 진돗개 이야기인데 언젠가 강아지를 예닐곱 마리 낳았죠. 강아지가 제법 커 곳곳을 돌아다니는 바람에 집을 가운데 두고 어미 개는 이쪽 모퉁이, 새끼들은 저쪽 귀퉁이 목줄로 묶어 키웠죠. 새끼들이 낑낑대서 풀어주면 어미한테 우르르 달려가요. 그럴 때를 염두에 두고 어미 개는 밥을 반쯤 남겨두는 거지요. 밥그릇을 핥는 새끼들을 그윽하게 굽어보는 눈빛은 지극한 모성 바로 그것이죠.

송아지가 보이지 않으면 사흘 밤낮을 울어대는 소의 모성도 그렇고 쥐의 모성도 대단합니다. 몇 년 전부터 거의 사라졌지만 쥐가 부엌을 제집처럼 드나들던 적이 있었지요. 부엌 구석에 쥐 잡는 끈끈이를 놓아두었지요. A4 크기 도화지 복판에 끈끈이를 바른 건데 아침에 보니 새끼 한 마리가 달라붙어 죽어 있는 거예요. 그런데 끈끈이를 바르지 않은 맨 도화지 여기저기 너덜너덜해요. 어미 쥐가 갉아먹은 거죠. 도화지 탓에 새끼가 빠져나오지 못하는 줄 알은 모성의 안간힘이었죠.

산골생활에서 견디기 어려운 것 중 하나가 심심함입니다. 진종일 전화 한 통 오가지 않는 날이 비일비재고 사람 보지 못하는 날은 더 비일비재죠. 심심함을 견뎌내는 방법으로 짬짬이 자주 잡니다. 가능하면 하루의 절반은 자려고 합니다. 자지 않으면 하루가 너무 긴 거예요. 너무 지루한 거예요. 물론 처음부터 자려고 산골에 들어온 건 아니지요.

혈기왕성하고 팔팔한 서른 초반 산골 들어온 사람이니 잠자려고 들어온 건 분명 아니었겠죠. 그러나 깨어 있는 시간이 길면 길수록 하루는 길었죠. 긴 하루가 주는 심심함을 달래려고 무엇을 하려고 하면 꼭 실수하게 되더란 자각이 나를 잠의 세계로 빠뜨렸습니다. 무엇을 하려고 움직이면 움직인 만큼 주변에 피해를 주는 거예요. 애먼 풀 한 포기 더 밟게 되고 나도 모르는 사이 내 발바닥에 밟혀 죽은 개미는 한둘이겠습니까. 사실 요즘 세상이 그렇잖아요. 못 먹어서 탈 나기보단 지나치게 잘 먹어서 탈 나고 무엇을 안 해서 탈 나기보단 지나치게 많이 해서 탈 나잖아요.

가끔 생각합니다. 어떻게 사는 게 잘사는 걸까. 사람마다 다르겠지요. 내 처지에서 정답을 찾으면 자기답게 사는 게 잘사는 게 아닐까 싶습니다. 자기답게 산다는 게 뭡니까? 자기답게 산다는 건 제 분수를 지키며 산다는 거죠. 다시 말하면 내 것이 아닌 것에 욕심을 부리지 않는 처세이며 그런 처세를 익힌 이라면 내 입에 들어올 걸 덜어서 남의 입에 넣어주기도 하겠지요.

  그건 곧 남과 이웃을 배려하는 삶이 아니겠습니까. 배려에 그치지 않고 남과 이웃을 나와 같은 자리에 놓고 대하는 것이기도 하고요. 길을 걷다가 내 발바닥에 벌레가 밟혀 죽는 일이 없도록 조심조심 걷는 것, 장애인이니 노숙자니 노약자니 하는 사회적 약자들, 나보다 못해 보이는 사람이 경멸의 대상이 아니라 관심과 배려의 대상이며 같은 길을 함께 가는 동시대 공동체란 자각, 그런 게 다 궁극적으론 자기답게 사는 거겠지요.

  산골생활 20년이 지났습니다. 나를 산골 마을로 이끌어 주셨던 목수 영감님은 돌아가셨습니다. 집을 물려주었던 옆집 허 씨 어른도 돌아가셨습니다. 남은 분은 이사 갈 무렵의 절반이 채 될까 말까 합니다. 그만큼 마을도 작아지고 늙어가는 거죠. 마을 분들 대개가 내년을 장담 못 하고 후내년을 장담 못 하는 노인네라서 마을 또한 내년을 장담 못 하고 후내년을 장담 못 하는 마을이 되어 갑니다.

  어떤 분은 그럽니다. 시골에 가서 살고 싶은데 돈이 없어서 못 간다고. 아이들 교육 때문에 못 간다고. 그렇습니다. 도시 생활을 청산하고 시골로 들어가는 게 말처럼 쉽겠습니까. 다만 도시든 시골이든 사는 곳이 어디든 마음의 여유를 찾는 것, 마음의 여유를 찾아 느긋하게 느슨하게 사는 것, 앞만 보지 말고 옆도 보며 뒤도 보며 느릿느릿 걷는 것, 나만 보지 말고 남과 내 이웃도 함께 보는 것, 그런 삶이 우리 마음속 시골의 삶이고 우리가 모두 바라마지 않는 전원적 생활 아니겠습니까. 태풍으로 땅바닥에 떨어져 상처입은 사과를 장바구니에 담는 마음, 그 마음 역시 시골을 배려하는 마음이며 작아지고 늙어가는 시골을 살리는 마음일 겁니다.

내가 쓰는 글도 그렇습니다. 20년 넘게 보듬어 준 산골에 서 푼어치라도 보답하려는 마음이 요즘 내 글입니다. 어실마을 나무와 돌멩이와 새벽안개가 하는 말을 곰곰 들어보려고 합니다. 남보다 잘 쓰려고는 하지 않습니다. 남보다 잘 쓴 글이 아니라 남과 다른 글을 쓰려고 합니다. 남과 다른 글은 곧 나의 삶에서 우러나오는 글이겠지요. 서른 초반부터 20년 삶이 오롯이 묻은 고성의 산골! 그렇다면 내가 써야 할 글은 선연합니다. 산골에 난 오솔길을 따라가 보고자 합니다. 가다가 길을 잃을지도 모릅니다. 길을 다 가기도 전에 해가 질는지도 모르고요. 서두르거나 초조해하지는 않겠습니다. 길을 잃으면 새길을 찾을 테고 해가 지면 노을이 곱겠지요. 어차피 완성이란 없는 우리 삶, 그래서 더 두근대는 산골의 오솔길입니다.

봄의 첫날, 설날

　지금은 정월. 한파가 매섭다. 매섭기도 매섭고 길기도 길다. 아침에 일어나면 스마트폰을 검색해 오늘은 영하 몇 도까지 내려가는지 그것부터 알아본다. 아침은 물론이고 오후 내내 영하인 날이 연일 이어진다. 코로나까지 기승을 부려 하루하루 고단한 정월이다.

　고단하기는 나무도 마찬가지다. 마당 감나무는 이파리를 죄다 떨구었다. 매섭고 긴 한파가 들이닥치기 전만 해도 몇 잎이나마 달렸던 나무였다. 잎이 얼마 되지 않으니 남은 잎을 헤아리며 하루를 열었고 나부끼는 잎을 보며 바람의 세기와 방향을 가늠했다.

　아무것도 걸치지 않은 나무는 얼마나 추울까. 손바닥 대면 한기가 고스란히 전해진다. 추위에 얼어 갈라 터진 손등처럼 갈라 터진 나무껍질은 콧날 얼얼하게 한다. 잘 돌보지 않은 내 잘못인 것 같아 양팔 벌려 안아도 보지만 그때뿐이다. 전신에 전해지는 한기는 마음만 쓰리게 한다.

　새는 종종 찾는 눈치다. 따먹을 감이 달렸을 때보다는 덜하겠지만, 자기를 숨길 잎이 달렸을 때보다는 덜하겠지만 아침에도 보이고 저녁에도 보인다. 나뭇가지에 발바닥을 문대고 부리를 비비면서 잎 다 떨구고 허전해진 나무의 마음을 다독이는 눈치다.

어쩌면 새의 눈치가 그만큼 빠른지도 모르겠다. 지금은 이 모양이지만 늘 이 모양이지 않은 걸 텃새가 왜 모를까. 부근에서 일가를 이룬 새는 잎을 피우고 홍시 주렁주렁 매달 그때 덜 미안하려고 아침에도 나무를 찾고 저녁에도 나무를 찾는다.

나도 그걸 안다. 때가 되면 나무가 잎을 피우고 홍시 주렁주렁 매달리란 걸. 그래서 아주 가끔이라도 양팔 벌려 안아주고 손등 때를 밀 듯 갈라 터진 껍질을 벗겨낸다. 묵은 껍질을 벗겨내면 나무가 좋아한다는 이야기를 마을 어른에게 듣고선 한동안은 이 일에 재미를 붙였다.

때가 되면 나무는 잎을 피운다. 그걸 모르는 사람은 없다. 다들 알기에 나무가 잎을 죄다 떨구었다고 베어내지 않으며 뿌리째 파내서 토양 좋은 곳으로 옮겨 심지 않는다. 나무에 눈총도 주지 않을뿐더러 주기는커녕 나무가 애를 쓸까 봐 일부러 못 본 척한다. 그것만 봐도 이 세상 사람은 다 선하다.

사람은 다 선한데 코로나는 참 못됐다. 정월 한파처럼 매섭고 질기다. 아침에 일어나서 영하 몇 도인지 검색하듯 확진자가 몇 명인지 검색한다. 날씨는 대개 오후가 되면 엔간하면 풀리지만 코로나는 오후가 돼도 여간해선 줄어들지 않는다. 참 못됐다.

아무리 그래도 모르는 사람은 없다. 때가 되면 나무가 스스로 잎 피우고 열매 맺듯 때가 되면 코로나 스스로 시들고 스스로 떨군다는 걸. 잎은 피는지도 모르게 피고 열매는 맺는지도 모르게 맺듯 코로나 또한 시드는지도 모르게 시들고 떨구는지도 모르게 떨군다는 걸.

지금은 여전히 정월. 한파는 여전히 매섭고 길다. 하루 벌어 하루 살 정도까지는 아니다 하더라도 돈을 벌거나 모으는 데는 아무래도 무뎠던 '예술 하는' 이들에겐 내남없이 고단한 날의 연속이다. 예술이 생업인데도 예술만으론 밥을 먹지 못하니 투잡, 쓰리잡에 나선 예인은 왜 없을까.

아무리 그래도 아는 사람은 다 안다. 겨울이 깊어지고 길어질수록 봄은 가까이 와 있단 걸. 예술 하지 않는 이도 그걸 아는데 누구보다 감각이 섬세한 예술인이 그걸 모를까. 새해 첫 달이 며칠 남지 않은 지금. 곧 2월이고 설날이다. 옛사람은 설날을 봄의 첫날로 봤다. 곧 봄이다.

문

　문은 무얼까. 어떤 의미일까. 해답을 찾는 방법은 간단하다. 문이 없다고 생각하면 된다. 내 앞에 있는 문이 벽이거나 잠긴 문이라고 생각하면 된다. 나가지도 못하고 들어가지도 못한 채 째깍째깍 지나가는 당신의 시간. 당신은 얼마나 버틸 수 있는가. 세상과 얼마나 오래 단절할 수 있는가.

　사람의 하루는 문의 연속이다. 오늘 하루 당신이 나갔던 문이 몇인지 손꼽아 보라. 당신이 들어갔던 문이 몇인지 손꼽아 보라. 생각보다 많은 문을 당신은 나가고 들어갔을 것이다. 대개가 그렇다. 생각보다 많은 이유 역시 간단하다. 문의 존재를 의식하지 않고서 나가고 들어가면 그리된다.

　문의 존재를 왜 의식하지 않을까. 그 자리에 늘 있기 때문이다. 없다가 있거나 있다가 없으면 보이지만 늘 있으면 보이지 않는다. 늘 있으면 의식하지 않는 까닭이다. 부모가 그렇고 부부가 그렇다. 그건 어쩌면 모든 사랑하는 사람 사이에 가로놓인 숙명인지도 모른다. 있을 땐 보이지 않다가 없어지고 나서야 보이는 이 세상 모든 당신.

지금은 없는 당신. 지금은 멀어진 당신. 있을 땐 보이지 않던 당신은 떠나고 나서야 비로소 보인다. 손꼽아 보면 나가고 들어간 그사이 생각보다 많은 당신의 배려가 있었다. 생각보다 많은 당신의 배려가 나를 받아들였고 나를 내보냈다. 당신에게 다가가듯 문에 다가간다. 당신의 손을 잡듯 손잡이를 잡는다.

나는 손잡이가 달린 문이 좋다. 여닫는 문이나 미닫이문이나 손잡이가 달린 문은 안정감을 준다. 문의 중간쯤 달려서 그러리라. 사람의 손도 마찬가지라고 생각한다. 손이 사람 몸의 중간쯤 있지 않고 머리쯤이나 발치께 있다면 손을 잡는 행위가 얼마나 불안하고 불안정할까, 그런 생각을 하면 손잡이가 문의 중간쯤 있다는 건 참 다행이다.

손을 맞잡는 행위는 소통을 전제한다. 나와 당신은 손 맞잡으며 온기를 나누고 마음을 나눈다. 문은 소통을 전제로 한다. 문을 열고서 당신에게 다가가고 문을 열고서 당신은 다가온다. 서로가 서로에게 온기를 나누고 마음을 나눈다. 문은 소통이며 문 너머 존재에게 다가가는 통로다.

존재의 대척점은 부재不在다. 지금 여기 없음이다. 그러나 부재야말로 존재의 참모습이다. 있을 땐 보이지 않던 존재를 드러내는 게 부재다. 감나무 마당 시골집에 머물면서 쓴 '새는'이란 시는 부재의 쓰라림을 통해 존재를 드러내고자 했다. 지금 여기 없는 당신을 통해 지금 여기 있는 모든 당신, 모든 존재에게 다가가고 싶었다.

새는
날면서 더 많이 울까

앉아서 더 많이 울까
그런 생각이 든 건
새가 이미 떠난 뒤
새처럼
당신이 떠난 뒤
<새는>

문은 소리다. 새가 소리를 내듯 문은 소리를 낸다. 문은 열릴 때
마다 소리를 내고 소리 날 때마다 문을 본다. 약속 시각이 되기 전
부터 봤으며 지나고 나서도 본다. 시계를 본다. 당신이 저 문을 열
고 들어오기를 기다리며 한 시간이 가고 하루가 가고 한 생애가
간다. 문은 열릴 때마다 소리를 내고 그 소리 들으며 한 시간이 가
고 하루가 가고 한 생애가 간다.

사람의 하루가 문의 연속이듯 사람의 생애는 문의 연속이다. 나
가고 들어가면서 한 생애가 다 간다. 어떤 사람은 한평생 같은 문
을 나가고 들어가며 어떤 사람은 한평생 다른 문을 나가고 들어
가거나 그러려고 애쓴다. 오늘 내가 나가고 들어간 문을 생각한
다. 오늘까지 내가 나가고 들어간 문을 생각한다. 사람의 하루도
문의 연속이고 사람의 생애도 문의 연속이다.

문은 두 가지다. 차분한 문이 있고 들뜨는 문이 있다. 차분해서
다소곳하게 열리는 문이나 들떠서 덜컥대는 문이나 문은 문. 문을
통해 내 유년이 지났고 내 청년이 지났다. 문을 본다. 문으로 나가
고 들어간 숱한 날들. 숱한 날을 함께한 숱한 사람들. 숱한 날들,
숱한 사람들 손때가 묻고 입김이 닿아 문은 언제 봐도 정감이 간
다. 차분한 문도 정감이 가고 들뜨는 문도 정감이 간다.

문은 다정다감하다. 문이 많은 집에서 사는 사람과 문이 적은 집

에서 사는 사람의 감성을 비교하면 금방 안다. 사람이 사람에게 다가가는 통로가 문이기에 문이 많은 집에서 사는 사람은 스킨십이 남다르고 스킨십이 남다른 사람은 다정다감하지 않던가. 사람의 마음에도 문이 있다. 다정다감한 사람은 가만히 보면 문이 마음 앞에도 있고 뒤에도 있고 양옆에도 있다. 문 열 때마다 사람을 돌아보게 하는 소리가 난다.

창

창은 아련하다. 첫사랑 추억이다. 창가 책상에서 첫사랑 편지를 썼으며 창 너머 첫사랑 생각에 오래오래 잠들지 못했다. 부치지 못한 편지일망정 첫사랑은 존재하는 그것만으로 충만했다. 이루지 못할 사랑이란 예감에 한없이 비감했으나 한없이 다감했다. 창가까이서 보내는 시간이 많았던 첫사랑 그 시절. 창이 은은하듯 어쩌면 그 시절이 내 생애 가장 은은했을지도 모른다.

창은 은은하다. 첫사랑 생각으로 깊은 밤. 그리고 잠들지 못하고 맞던 새벽. 은은한 달빛 받아들인 것도 창이었으며 새벽 기운 은은하게 받아들인 것도 창이었다. 주위에 말도 못 하고 혼자 앓는 첫사랑은 은은한 사랑. 은은해서 두고두고 생각나는 사랑. 그래서 첫사랑에 빠지면 방문 너머로 첫사랑을 생각하는 대신 대개는 창문 너머로 첫사랑을 생각한다. 첫사랑이 없다면 창도 없고 창이 없다면 첫사랑도 없으리라.

방문과 창문의 가장 큰 차이는 뭘까. 방문은 몸이 드나드는 경계지만 창문은 마음이 드나드는 경계다. 그러기에 방문 바깥은 몸의 눈으로 보지만 창문 바깥은 마음의 눈으로 본다. 창이란 한자에 마음 심心이 들어가는 이유다. 얼키설키 얽힌 창살 너머를 마음으로 보는 한자가 창窓이다. 창 너머 첫사랑 그대에게 다가가고 싶으나 그러지 못하는 안타까운 심정을 창이란 한자는 고스란히 담는다.

창은 마음의 눈이다. 방문보다 작지만 창문으로 보는 것은 방문으로 보는 것보다 적지 않다. 오히려 많다. 몸의 눈은 한계가 있지만 마음의 눈은 한계가 없다. 몸의 눈은 도저히 닿지 못하는 거리에 닿고 도저히 보지 못하는 것을 본다. 그것은 곧 선한 눈이기도 하다. 남들은 아무렇게나 밟고 지나가는 들꽃을 배려하는 눈, 남들은 그냥 지나치는 약자를 배려하는 눈, 그런 눈이 마음의 눈이다.

마음의 눈은 어떻게 얻는가. 창 너머를 한참이나 보면 된다. 기다려도 오지 않는 사람을 기약 없이 기다려 보라. 기다려도 오지 않는 소식을 기약 없이 기다려 보라. 슬픔 그 밑바닥에 닻을 내리면 내 존재가 얼마나 낮은가를 스스로 알게 된다. 그러한 과정을 되풀이하면 마음이 선해진다. 자신을 낮춘 사람은 마음이 선한 사람이고 선한 마음은 눈에 나타난다. 눈은 마음이다.

눈이 선한 사람. 눈이 선한 사람은 눈이 예쁜 사람보다 소중하다. 소중하고 귀하다. 예쁜 눈은 태어날 때부터 그럴 수도 있고 수술해서 그럴 수도 있지만 선한 눈은 마음을 다듬고 또 다듬어야 그리된다. 마음에 난 모를 갈고 깎아 지극한 경지에 이르면 선한 눈을 얻는다. 양서를 많이 읽어도 선한 눈을 얻고 남에 대한 배려가 일상이 되어도 선한 눈을 얻는다. 눈이 선한 사람은 창 너머 몸의 눈은 보지 못하는 것을 본다.

창은 왜 필요한가. 사람은 외롭기 때문이다. 면벽을 몇 년씩 하며 외로움을 극복하는 수도승도 있겠지만 우리 보통의 사람은 외로움을 견디기 어렵다. 견디기 어려워 벽 한쪽 창을 내고 창 바깥 풍경에 위안을 얻는다. 풍경에 위안을 얻고 소리에 위안을 얻고 감촉에 위안을 얻는다. 창을 통해 접하는 공기의 감촉, 바람의 감촉, 햇볕의 감촉, 오고 가는 사람의 감촉은 창이 작고 제한적일수록 더 큰 위안을 준다.

창은 소통이다. 안과 바깥이 소통하는 매개가 창이다. 창이라곤 없는 벽을 상상해 보라. 창이 없는 벽은 단절이다. 은은한 달빛, 은은한 새벽 기운과 단절이며 당신과 나도 단절이다. 단절은 얼마나 어두운가. 얼마나 무거운가. 창을 통해 접하는 달빛이며 새벽 기운은 밝아서 좋고 가벼워서 좋다. 지금은 보이지 않지만 창 너머 당신도 그러리라. 언젠가는 한없이 밝은 모습으로 한없이 가벼운 모습으로 나와 소통하리라.

나는 안에 있고 당신은 바깥에 있다. 나와 당신 사이에 창이 있다. 나는 당신을 보지 못하지만 당신은 나를 보라고 나를 창가에 세운다. 당신도 그랬으면 좋겠다. 당신은 나를 보지 못하지만 나는 당신을 보라고 당신의 창가에 서 있으면 좋겠다. 유리창에 입김을 후 불어 손가락으로 '보고 싶다' 네 글자를 쓰던 사춘기 그 시절. 글자에 대고 입김을 또 후 불면 글자는 구름이 되어 당신에게 날아가 비가 되었다.

이 세상 모든 비는 다 이유가 있다. 아무 이유 없이 오는 비는 없다. 갈라 터지는 땅의 속을 어루만지려고 비는 오고 갈라 터지는 사람의 속을 어루만지려고 비는 온다. 유리창을 타고 내리는 비는 소리가 되고 노래가 되어 사람 속을 어루만진다. 땅의 가장 밑바닥에 스며들듯 비는 사람의 마음 가장 밑바닥에 스며든다. 창을 타고 내리는 비에 마음이 젖으면 누구라도 음유가수가 되고 음유시인이 된다.

창가에 서 보라. 비가 타고 내리는 창에서 들리는 소리에 집중해 보라. 비가 창을 두드리는 소리, 창이 비를 받아들이는 소리. 소리는 간절하고 애절하다. 이 세상 모든 비가 다 이유가 있듯 세상의 잣대로 재지 못할 거리를 뛰어넘어 비와 창이 서로가 서로에게 닿는 것은 이유가 분명히 있다. 간절하고 애절하기에 비는 창을 두드리고 창은 비를 받아들이리라. 나는 뭔가. 살아오면서 내 사랑에 한 번이라도 저렇게 간절한 적이 있었던가. 한 번이라도 저렇게 애절한 적이 있었던가.

간절하고 애절하기론 등대만 한 것도 없다. 그래서 창 없는 등대가 없다. 이 세상 모든 등대는 창을 내었다. 등대는 변하지 않는 사랑을 상징한다. 아무리 멀리 떠났다가 돌아와도, 아무리 오래 떠났다가 돌아와도 등대는 언제나 그 자리에서 돌아오는 배를 맞는다. 왜 이제 돌아오느냐고 푸념하는 대신, 손톱을 세워 할퀴는 대신 이 세상 가장 지긋하고 가장 반짝이는 눈빛으로 배를 맞는 등대. 사랑이 깊으면 누구라도 그리된다.

등대는 한결같다. 흰 등대는 언제나 희고 붉은 등대는 언제나 붉다. 5초에 한 번 반짝이는 등대는 언제나 5초에 한 번 반짝이고 6초에 두 번 반짝이는 등대는 언제나 6초에 두 번 반짝인다. 우리 사랑도 그랬으면 좋겠다. 언제나 희고 언제나 붉은 등대처럼, 언제나 한 번 반짝이고 언제나 두 번 반짝이는 등대처럼 언제 어디서든 한결같으면 좋겠다. 내가 하는 사랑이여, 내가 받는 사랑이여! 언제 어디서든 한결같으면 좋겠다.

모처럼 창가에 앉는다. 무엇이 그리 바빠서 창가에 모처럼 앉는 걸까. 생각해 보면 다급하거나 조급하면 창가에 앉을 새가 별로 없다. 나를 늦추고 눌러야 비로소 창가에 앉을 여유가 생기고 창 너머를 바라볼 이완이 생긴다. 창가에서 첫사랑 편지를 쓰며 오래오래 잠들지 못하던 사춘기 그 시절. 시간은 되돌리지 못해도 기억은 언제든 되돌릴 수 있다. 달빛 은은한 밤. 창으로 밀려드는 달빛에 젖으며 나는 편지를 쓰리라. 은은한 창처럼 내 생애 가장 은은했을 그 시절에. 그 시절의 모든 은은한 기억에.

벽

벽 너머에 당신이 있다. 당신과 나 사이에 놓인 벽. 벽에 가로막혀 나는 당신에게 가지 못하고 당신은 나에게 오지 못한다. 그래서 벽을 바라보는 시선은 애달프다. 벽이 높을수록 더 애달프다. 벽이 만드는 그늘이 길고 진할수록 애달픔의 그늘은 길고 진하다.

벽은 애달프다. 그러면서 애틋하다. 벽에 이르러 당신이 나에게 얼마나 소중한가를 안다. 벽에 이르러 내가 당신에게 얼마나 소중한가를 안다. 벽에 손바닥을 댄다. 내가 손바닥을 대듯 당신도 손바닥을 대리라. 벽으로 전해지는 온기. 당신의 온기며 나의 온기다.

벽은 두껍다. 당신과 나의 온기가 스며들고 또 스며들어 두껍고 당신과 나의 숨결이 스며들고 또 스며들어 두껍다. 벽에 귀를 대면 나에게 들려주고 싶었으나 들려주지 못했던 당신의 말이 들린다. 당신도 귀를 대면 들리리라. 당신에게 들려주고 싶었으나 들려주지 못했던 나의 말.

벽유이壁有耳. 어찌 당신과 나만 그러랴. 벽에 귀를 댄 이가 당신과 나만이 아니기에 세상 모든 벽에는 귀가 있다. 세상 모든 벽은 귀를 쫑긋 세우고서 가슴이 병든 이의 말을 듣는다. 당신에게 다가가고 싶어도 다가가지 못한 숱한 나의 말이여. 나에게 다가오고 싶어도 다가오지 못한 숱한 당신의 말이여.

벽 너머에 있는 당신. 당신에게 기대듯 벽에 기댄다. 편안하다. 그럴 수만 있다면 벽에 기대어 밤을 보내고 싶다. 아침을 맞고 싶다. 당신과 함께 맞는 아침은 얼마나 환할 것인가. 얼마나 포근할 것인가. 그러나 벽에 오래 기대지는 못한다. 오래 기대고 있으면 당신이 불편할까 싶어서다.

벽은 배려다. 기대는 것도 배려고 기대지 않는 것도 배려다. 기대는 것이 나에 대한 배려라면 기대지 않는 것은 당신에 대한 배려다. 더 큰 배려는 벽 너머에 당신이 있다는 믿음을 갖게 한다는 것이다. 당신이 없을지라도 당신이 있다는 믿음! 지금 여기 당신의 부재를 견디게 하는 배려가 벽이다.

벽은 묘하다. 이중적이다. 있는 것을 보이지 않게도 하지만 없는 것을 보이게도 한다. 당신이 거기 없어도 거기 있다는 믿음으로 차곡차곡 쌓은 게 벽이다. 당신이 없다면 나는 아침저녁 벽을 쌓아 당신의 존재를 감지하리라. 벽 너머 당신이 있으리라 여기며 벽에 손바닥을 대고 귀를 대리라.

벽은 이중적이다. 안이면서 밖이고 밖이면서 안이다. 벽을 사이에 두고 안과 밖이 교호한다. 절대적인 안이 없고 절대적인 밖이 없기에 어디가 안이고 어디가 밖인가 따지는 건 소모적이다. 그런 면에서 벽은 철학적이다. 벽이 철학적이기에 10년을 면벽하면, 아니 단 하루라도 제대로 면벽하면 누구라도 철학자가 된다.

사람은 그렇다. 누구라도 벽이 있고 누구라도 안과 밖이 있다. 어디가 안이고 어디가 밖인지 하는 문제는 중요하지 않다. 누구는 안을 숨기려 하고 누구는 안을 보이려 한다. 밖도 마찬가지다. 누구는 보이려 하고 누구는 숨기려 한다. 사람에 따라서 누구는 벽 이쪽이 안이고 누구는 저쪽이 안이다.

안과 밖. 안과 밖은 맞물려 있다. 사람에 따라서 정도의 차이는 있을지라도 안과 밖은 분명히 존재한다. 안이 없는 밖이 어디 있으며 밖이 없는 안이 어디 있으랴. 안은 밖을 다독이고 밖은 안을 보듬어 하루를 열고 하루를 닫는다. 안과 밖 사이에 벽은 있다.

당신과 나. 당신과 나도 그렇다. 당신이 있기에 내가 있고 내가 있기에 당신이 있다. 때로는 내가 당신을 다독이고 당신이 나를 보듬으며, 때로는 당신이 나를 다독이고 내가 당신을 보듬으며 열고 닫는 하루하루. 그런 당신과 그런 나 사이에 벽이 있다.

벽은 고맙다. 안과 밖을 나누고 당신과 나를 나누는 벽은 고맙다. 얼마나 고마운가. 고등어 잡는 큰 배를 타고서 사방팔방 수평선만 보이는 대해에 있어 보면 안다. 사방팔방 지평선뿐인 평원에 있어 봐도 안다. 벽이라곤 없는 대해에서, 평원에서 감내해야 하는 절대고독은 몸을 아리게 하고 마음을 아리게 한다. 바다에 무슨 벽이냐고? 바다에선 섬도 벽이고 절벽도 벽이다.

누구일까. 평원에 처음 벽을 세운 이. 그리하여 평원을 안과 밖으로 나눈 이. 아마도 절대고독을 감내한 끝에 벽은 세워졌으리라. 그리고 벽을 통해 절대고독을 달래었으리라. 고독이 무엇인지 아는 사람은 표정이야 어떻든 속마음이 따뜻한 사람이다. 그런 사람이 세운 벽이 어찌 아니 따뜻할 것인가.

내 마음에 처음 벽을 세운 당신. 그리하여 내 마음을 당신과 나로 쪼갠 이. 온종일 당신을 생각하다가 벽은 높아졌고 벽이 만드는 그늘은 길고 진해졌다. 손바닥을 대면 전해지는 당신의 온기. 따뜻하다. 온종일 당신을 생각하며 쌓은 벽인데 어찌 아니 따뜻할 것인가.

나무였다가 새였다가

경남 고성군 대가면 갈천리. 내가 사는 산골이다. 1992년 여기 왔으니 거의 30년을 살았다. 처음 10년은 한 달 내내 살았고 다음 10년은 산골과 도시를 오가며 보름보름 살았고 지금은 한 달에 열흘을 산골에서 지낸다.

열흘을 지내도 산골은 산골. 지인들은 여전히 나를 산골사람으로 여긴다. 이따금 만나면 산골의 풍광을 묻고 산골의 하루를 묻는다. 30년 가까이 살아 이력이 붙을 대로 붙은 나는 무어든 술술 대꾸한다. 미주알고주알 술술 대꾸하니 산골 도사라고 부르는 친구도 있다.

산골 도사! 듣기는 좋은데 종종 발목이 잡힌다. 산골의 풍광이 어떻고 하루가 어떤지는 도가 트여도 마음마저 비우진 못한다. 시선은 도시로 향하기 일쑤고 욕망은 부글부글 끓기 일쑤다. 그런데도 도사처럼 초연한 척하려니 발목이 잡혀도 이만저만 잡힌 게 아니다.

산골 도사인들 욕망이 없을까. 맨날 얻어먹는 술이 미안해 한두 번쯤은 술값 낼 만큼 돈이 있기를 바라고 때로는 로또방을 기웃댄다. 거창한 문학상까진 아니더라도 내었다 하면 베스트셀러인 출판사에서 시집 내고 싶은 마음은 왜 없을까.

그러나 도사는 도사! 비운 척이라도 해야 도사라고 불러준 지인에게 덜 미안하고 무엇보다 30년 품어준 산골에 덜 미안하지 않겠는가. 술값 내고 로또 당첨되고 베스트셀러 출판사처럼 이루기 난망한 욕망 대신 도사라면 가능한 욕망도 어딘가에는 있지 않겠는가.

　나무, 새. 마침내 내가 찾아낸 해답이었다. 도사라면 이 정도는 충분히 해내지 싶었다. 도사인데 나무가 되고 새가 되고 하는 게 무어 그리 어려울까. 나무가 되려고 나무 앞에 삼십 분 서 있었고 새가 되려고 새 앞에 삼십 분 서 있었다.

　　　새가 내는 소리를 알아듣고
　　　새에게 말을 붙일 수 있다면
　　　해 뜨기 전에 삼십 분
　　　해 지고 나서 삼십 분
　　　서서 있거나
　　　앉아서 있거나
　　　손가락 하나 까닥하지 않겠네
　　　눈이 마주친 새가 마음을 놓을 때까지
　　　나무처럼 있겠네
　　　나무에 딸린 가지처럼 있겠네
　　　참다가 참다가 삼십 분 다 돼서
　　　목울대 다 보이게 말을 붙이는 새처럼
　　　나도 목울대 다 보이며 말 붙이고 싶네
　　　아침에 삼십 분 저녁에 삼십 분
　　　새도 이상해서
　　　두 눈 말똥말똥 뜨고 갸웃대는
　　　사람 아닌 사람이 되고 싶네
　　　<비인간>

　그리고, 당신이었다. 내가 가닿고 싶은 건 나무였고 새였고 또

뭐였지만 그 모두가 가리키는 궁극은 당신이었다. 당신이 있기에 나무는 잎을 틔우고 새는 소리를 내며 비는 왔다.

당신은 궁극이었다. 그리고 적멸이었다. 욕망의 궁극이며 욕망의 적멸이 당신이었다. 당신에게 가닿으려고, 마침내는 당신이 되려고 나무에 다가갔고 새 앞에서 까닥하지 않았으며 마당에 서서 비를 맞았다.

그러고 보면 이 세상 모든 욕망의 끝에는 당신이 있다. 이 세상 모든 당신! 당신은 당신의 당신을 이루었는가. 당신의 당신이 되었는가.